花嫁は真実の愛を夢見る

Shuhdoh Rena
愁堂れな

花嫁は真実の愛を夢見る 005
あとがき 224

イラスト　蓮川愛
ブックデザイン　内川たくや

花嫁は真実の愛を夢見る

プロローグ

僕には幼いときから抱いていた夢がある。

愛する人と二人、楽園で暮らすという夢だ。

そこには愛と幸せしかない。涙で頬《ほお》を濡《ぬ》らすことも、不安で胸が締め付けられることも、一切ない。

君を悲しませるものも、憤らせるものも何もない。君を和ませ、微笑《ほほえ》ませるようなことしかその楽園では起こらない。

君の幸せそうな微笑を眺めることが、僕にとってはまさに至福のときとなる。

僕の楽園はきっと君の笑顔を迎え入れたとき、真の意味で完成するに違いない。

1

小高い丘の上、白い墓標の前に佇《たたず》む『あの人』の金髪が、強い潮風を受け舞い上がる。

丘の上から一望できる水平線の彼方まで、白い波頭がくっきりとコバルトブルーの海面に刻まれている。

抜けるような青い空。白い雲。そして美しい海――『あの人』が選んだこの、地球上で最も美しいと思われる場所に眠るのは一体誰なのか。遠くからひっそりと、きらきらと輝く金色の髪を眺める僕の胸が、なぜだか酷《ひど》く痛む。

距離がある上に、『あの人』は墓標のほうをずっと向いているため、顔など見えていないにもかかわらず、僕の脳裏にはなぜだかあの人が真珠のごとき綺麗《きれい》な涙を零《こぼ》しているさまがありありと浮かんでくる。

泣かないでください。どうか。あなたの悲しむ顔は見たくない。

その涙を止めることができるのなら、なんでもします。でも僕にはその術《すべ》がない。

もどかしい――自身の力不足を思うと、泣けてきてしまう、と唇を嚙《か》む僕の視線の先で、『あの人』が墓標からふと、高い空へと視線を移すのがわかった。

遠い空の向こうにいる、愛しい人へと思いを馳せているのだろう。

お願いです。どうか泣かないで——。

彼の涙を想像するだけでこの胸はキリキリと痛み、胸に熱いものが込み上げてくる。

自分が泣いてどうする。僕の望みは『あの人』の涙を止めることだというのに。

情けない、と思えば思うほど、涙が溢《あふ》れてとまらなくなる。嗚咽《おえつ》の声が風に乗り、『あの人』の耳に届くことなどないよう、必死で唇を噛み涙を堪《こら》えようとして——。


「……あ……」

幼い頃から、もう、何度となく見ている夢の世界から目覚めたアーサーは、またあの夢か、との思いから小さく声を漏らしたあとに起き上がり、はあ、と深く息を吐き出した。

枕元の時計を見ると午前五時を回ったところで、早すぎだろう、と再びベッドに背を戻す。

アーサーの起床時間は午前六時。あと一時間は寝ていられる。そう思いはしたが一度目が覚めてしまったがゆえ二度寝もできず、彼は起き上がるとシャワーを浴びに部屋に付随している彼専用のシャワールームへと向かった。

ここ、南太平洋の小さな島に、アーサーの『主《あるじ》』が居を構えて間もなくひと月が経《た》とうとしていた。

三階建ての建物の、主の部屋の隣にアーサーは部屋を与えられた。彼の部屋の窓から見える外の景色が、幼い頃に一度だけ見たことのある場所の光景と少し似ているために、どうやらその頃の夢を見たと思われる。

島で暮らすようになり、あの夢を見るのは三度目になる。いや、四度目か、と回数を数えるアーサーの口からは、自分が認識している以上の大きな溜《た》め息《いき》が漏れていた。

アーサーはつい先日、二十一歳になったばかりの若者だった。プラチナブロンドの美しい髪は肩より下に伸び、長い睫《まつげ》に縁取られた金茶の瞳と相俟《あいま》って、まさに『天使』のようだと仲間内で賞賛を浴びている。

誰の目をも惹かずにはいられない美しさを備えているにもかかわらず、アーサーにその自覚はない。というのも、彼が十二歳のときから側《そば》近く仕えている『主』が神々しいほどの美貌の持ち主であるためだった。

『美しい』というのは主のような人にこそ相応《ふさわ》しい言葉だと、彼は思い込んでいるのである。

その美しい主の起床時間が通常は午前七時であり、彼が快適な目覚めを迎えることができるように環境を整えるというのが、アーサーの一日の最初の仕事となっていた。

シャワーを浴び終え、髪を乾かすために自室の洗面台前に立つ。眉間《みけん》に縦皺《たてじわ》が寄っていることに気づき指先で自身の眉間を撫《な》でるアーサーが今考えているのは、主は今、快適な眠りについているのかということのみだった。

やがて時間が来て、アーサーは『主』を起こすべく寝室へと向かった。

静かにドアを開き、中を窺《うかが》う。まだ『主』は目覚めていないようで、静かな寝息が聞こえてきた。

起こすか。それとも自然な目覚めを待つか。迷っているうちに午前七時となる。と、アーサーが何をするより前に、『主』が目を開き、軽く伸びをしながら身体《からだ》を起こした。

「おはようございます、ローランド様」

いつものように『主』に呼びかけ、頭を下げる。

「おはよう、アーサー」

爽やかとしかいいようのない笑みを浮かべ、主が――ローランドがアーサーの挨拶に応える。

「今日は天気がいいようだな」

「はい。快晴です。ただ、午後にはいつものようにスコールがくるのではということでした」

南の島にはこの季節、毎日一定の時間に激しい雨が降る。今日もそれは同じだとカーテンを開けながら告げたアーサーにローランドは「そうか」と頷《うなず》くと、おもむろに上掛けを撥《は》ねのけベッドから降り立った。

まばゆいほどの裸体に見惚《みと》れそうになり、アーサーは慌てて目を伏せると、ローランドの先に立ってバスルームへと向かった。

「どうぞ」

浴室のドアを開き、頭を下げるアーサーに対しローランドは、

「ありがとう」

と、いつものように微笑みを残し、浴室内へと消えていく。やがて響いてきたシャワーの音にアーサーは少しの間耳を傾けていたが、やがてシャワー後に使うことになるタオルや身に纏《まと》うバスローブの準備をし、ローランドの寝室へと戻った。

窓を開き、日の光を入れる。ドレッサーの鏡を、ローランドの姿がより美しく映るよう、いつものように拭《ふ》き始めたアーサーは、その鏡に映った男に気づき振り返った。

「おはよう」

「よぉ。今朝も早いな」

アーサーに笑いかけてきたのは、身長百九十センチを超える見事な体躯の、浅黒い肌をした長身の男だった。ウエーブのかかった長い黒髪を後ろで一つに縛っている。

彼の名はナダルといい、アーサーよりも随分と前からローランドの部下——というより『仲間』として行動を共にしている。

ローランドの正確な年齢をアーサーは知らなかったが、どうやらナダルのほうが少し年上らしい。ナダルに対してもアーサーは年齢や出身について尋ねたことはなかったが、男臭い、そして魅惑的なその容貌や言葉のアクセントはどうやらスペイン系らしかった。

幼いアーサーに武道の手ほどきをしてくれ、武器の使用法から拉致された際の脱出法など、身を守り、また相手を攻撃するのに必要な、ありとあらゆることを教えてくれたのがこのナダルだった。

彼の言動から、おそらくかつては外人部隊にでもいたのではとアーサーは推察していたが、それについても本人に確認を取ったことはなかった。

とはいえ、二人の間に遠慮があるわけではない。過去について、自ら語るのならいくらでも聞くが、詮索《せんさく》はしないというのがローランドの主義であり、それを皆が踏襲しているに過ぎない。

「ナダルは珍しく早いね」

年は随分と離れているが、ナダルから『敬語は不要』と言われているため、子供の頃からアーサーは彼にはあたかも同年代の友人同士のような口調で接してきた。

「トリスタンに頼まれたんだよ。ローランドの様子を見てきてほしいと」

「トリスタンに？」

アーサーが問い返したそのとき、浴室に通じるドアが開き、バスローブを身に纏ったローランドが濡れた髪をタオルで拭《ぬぐ》いながら登場した。

「おはよう、ローランド」

「おはよう、ナダル。さすがトリスタンだな。いい読みだ」

会話が聞こえていたのか、ドレッサーの前に座りながらローランドが鏡越しにナダルを見やり、声をかける。

「招集をかけようと思っていた。朝食を一緒にとろうとトリスタンに伝えてくれ。ナダルも勿論《もちろん》、同席してほしい」

「わかった」

ナダルは笑顔で頷くと、「それじゃあとで」とローランドとアーサー、二人にウインクし、部屋を出ていった。

アーサーはローランドの背後に回り、いつものようにローランドから受け取ったタオルで髪を拭ったあと、ブラシで髪を梳《す》き始めた。

蜜でも塗っているかのように輝く金色の髪の美しさにうっとりしながら、濡れた髪を乾かそうとドライヤーを手に取りかけたアーサーに、ローランドが声をかける。

「珍しいことに、起きがけに夢を見た」

「え……」

鏡越しにローランドと目が合い、ドキリ、とアーサーの鼓動が高鳴る。

長い睫に縁取られた、澄んだ青い瞳に、アーサーは今朝、夢に見た美しい青い海を重ねていた。もしや同じ夢を見たのだろうか。そんな偶然があったとしたら、それはとても——。

嬉《うれ》しい。

心の中でアーサーがそう呟《つぶや》いたのとほぼ同時に、ローランドが笑顔のまま、言葉を続ける。

「リョーヤの――僕の花嫁の夢だ。なんとも嬉しい夢だった」

「……そう、ですか」

胸の高鳴りが一瞬にして冷めていく。その名を聞くだけでもつらいというのに、鏡に映るローランドは美しい顔にうっとりとした表情を浮かべ、夢の内容を話し始めた。

「ウエディングドレスを着た彼とこの島の教会で結婚式を挙げていた。来賓の中にはマダムや、ふふ、あのキースもいて、僕らを祝福してくれるんだ。傑作だろう？　ああ、勿論、アーサー、お前もいたよ」

「……ありがとうございます。ローランド様の夢に出演させてくださって」

鏡に微笑む自分の顔が映っている。大丈夫。笑顔は歪《ゆが》んでいない。瞳に影も差していない。忠義心溢れる部下の仮面を正しく被《かぶ》れているはずだ。

昨日や今日、身につけたわけではない。何年にも亘《わた》り被り続けてきたこの仮面が簡単に外れることはない。大丈夫だ、と心の中で呟きながら、アーサーはドライヤーを取り上げた。

これで会話は途切れる。言葉を交わすのが困難であるほどの喧《やかま》しい音を立てるべく、スイッチを入れるアーサーの胸に安堵《あんど》の火が灯《とも》る。

「花嫁姿のリョーヤは美しかった」

だがローランドが微笑みながら告げた独り言は、轟音《ごうおん》の中でもしっかりアーサーの耳に届いていた。

その男の名は――その男の名だけは、ローランドの口から聞きたくない。

名前を口にするときの表情も見たくない。常に聞き惚れずにはいられないほどのそのバリトンの美声からも耳を塞《ふさ》いでいたい。

どれだけ相手を愛しく思っているかわかる、優しくも熱烈なその表情、声音《こわね》を目にし、耳にするたび、自分の胸が張り裂けてしまいそうなほどの痛みを覚える。

どす黒い感情が湧《わ》き起こりそうになるのを、気力で抑え込み、唇に笑みを浮かべるアーサーの脳裏にはそのとき、今朝、夢に見た若き日のローランドの後ろ姿が浮かんでいた。

あのとき、声をかけることが叶《かな》わなかった背中。今はこうして毎朝すぐ後ろに立ち、髪の手入れを任せてもらえてもいるが、二人の間の距離はあの日から少しも詰まっていないのかもしれない。

寂しさから溜め息を漏らしそうになりはしたが、鏡の中の自分の顔は笑みを湛《たた》えたままである。我ながら頼もしい。自嘲の笑みをも仮面の下に押し隠したアーサーの胸にはやりきれない思いが――決して叶うことのない、美しい主への想いが今日も静かに燃え続けていた。

ローランドとアーサーの出会いは今から九年ほど前に遡《さかのぼ》る。生まれたときに父を、そして十二歳で母を亡くし、天涯孤独となったアーサーが、悪意ある人間たちの手に落ちようとしていたところを救ってくれたのがローランドで、どこにも行くところがないのなら、と手を差し伸べてくれたのだった。

その際、ローランドは自分の『職業』と『目的』を明かし、仲間になるか、はたまた安住の地を他に探すかをまずアーサーに選ばせた。

信頼できる『真っ当』な人間の許《もと》に預けるという選択肢も与えられてはいたが、アーサーは一秒たりとも迷わず、ローランドの『同志』となりたいと己の希望を告げ、彼と行動を共にするようになった。

ローランドの『職業』は『Blue Rose』という名の怪盗であり、彼の『目的』は陰謀により陥れられ『現代の青髭《あおひげ》』の汚名を着せられた結果自ら命を絶った父親、モリエール伯爵の所蔵していた宝石や美術品を、それらを奪い取った輩《やから》から再び取り戻すというものだった。

自らの正義に則《のっと》ってはいたものの、ローランドの行動自体は『犯罪』にあたるため、彼は全世界で指名手配となっているいわば『犯罪者』である。

捜査の手を逃れるためにも、また、『Blue Rose』としての『仕事』は厳しい警護網をかいくぐり、場合によっては発砲されかねない危険もあるため、ローランドの仲間となることを選択したその日からアーサーは身体を鍛え、武道を習い、生き延びるのに必要と思われるありとあらゆる知識をローランドや彼の仲間たちから教え込まれることとなった。

書類の偽造の仕方といった知識だけでなく、語学や一般教養、それに数学や歴史といったいわゆる『学問』をアーサーはローランドや仲間たちから与えられ、自分のものにしていった。

今やアーサーはローランド同様、十カ国語以上を自在に操ることができ、また、武道や射撃の腕も仲間内では一、二を争うといったレベルに達している。自他共に認めるローランドの『右腕』的存在になって久しい。

同時にアーサーはローランドの身の回りの世話も一手に引き受けていた。食事についてはローランドが皆と同じものを、と望んだために料理人が彼の分も作っていたが、食事以外の一切の世話はアーサーが受け持っている。

きっかけは、まだ能力を身につける前のアーサーが、自分は何も役に立てていないと落ち込んでいたことから、ローランドが自身の世話という『役目』を彼に与えたのに始まるのだが、その後、組織内で充分な役割を果たせるようになってからもアーサーは、この『役目』を継続したいとローランドに訴え、承諾を得た。

毎朝六時に起床し、七時に起きるローランドのために仕度を整える。彼の側近くに居続けて九年、ローランドの好みは全て頭に入っていたし、ローランドの望みも彼が次にとるであろう行動も予測し、しかも外さない、ということができた。

誰よりローランドの近くにいる。物理的にも、心情的にも。その自負はアーサーをこの上なく幸せな気持ちにさせていた。

ときにやるせない気持ちになることもある。それはローランドが『恋』をしたときだった。だがその期間が長く続くことはない。

ローランドの『恋』は長続きしない。それがいつしかアーサーの心の拠《よ》り所となっていた。だが今回は少し違う。ローランドの『恋』に終わりを迎える気配がない。

そのことに対し、苛立《いらだ》ちを覚えていられるうちはよかった。今はただただ絶望している。酷い胸の痛みを覚えることもまた多くなった。それでもアーサーはローランドの側から離れようとは思わなかった。

『誰より近く』いられなくなったとしても『近く』にはいられる。それでいい。選択をしたのは自分だったがその選択が自分の首を絞める決断だったとすぐに気づいた。

つらい。だが、彼の側を離れるのは更につらい。

何よりつらいのは、こうして『つらい』と思っていることを誰にも——特にローランドにだけは気づかれるわけにはいかない、ということだった。

覚悟を決めているときはまだ、耐えられる。が、今日のように不意に恋する相手の名を出されると、やはり応える。

溜め息を漏らしそうになり、アーサーは唇を引き結んで堪えると、髪を乾かし終えたローランドのあとに続き、食堂へと足を踏み入れた。

「トリスタン、僕の招集を予言するとは、相変わらず冴えているな」

既にテーブルについていた銀髪の男に、ローランドが笑顔で声をかける。

「予言などしておりませんよ、ローランド様」

そんなローランドに対し微笑み返してきたトリスタンの目は、だが閉じられたままだった。

盲目の策士――怪盗『Blue Rose』の頭脳の一人、トリスタンもまた、アーサーより前からローランドの『同志』として行動を共にしていた。

老人のような銀色の髪をしてはいるが、ローランドとは同世代であるらしい。とはいえやはり正確な年齢をアーサーは聞いたことがなかった。

理性と知性を感じさせるその容貌は女性的、かつ非常に整っていて、アーサーは当人に伝えたことこそなかったが、亡き母の面影を彼に重ねていた。

性格も穏やかで慈愛に満ちており、外見だけでなく内面でもまた、アーサーは彼を『母代わり』として慕っている。

「体調はどうだ?」

ローランドはトリスタンと顔を合わせるたびに彼の体調を思いやる。というのもトリスタンは虚弱体質であり、ちょっとしたことで床に伏せることも多いのだった。

「寝込んでいる場合ではありません。いよいよ長年仕舞い込まれていた『ディアーナの真心』が展示されるのですから」

トリスタンの顔には今、満面の笑みが浮かんでいた。

「しかも日本で、な」

ローランドもまた嬉しげに微笑み、頷いてみせる。

「随分と長いこと探しておりました。月の女神、ディアーナの行方がようやくわかっただけでも喜ばしいことです」

「真珠を好んでいた母のために父が作らせたブロンズ像でモデルは母だ。行方を捜していたが、まさか日本の地で見つかるとは思わなかった」

ローランドが嬉しげであるのは、場所が『日本』であるためだろう。日本にはローランドが会いたくて堪《たま》らない相手がいる。しかもその相手は予告状を出せば必ずローランドの前に姿を現すことがわかっている。

なぜなら『彼』は警視庁の刑事だから——。

いつしか一人の思考の世界にはまっていたアーサーは、トリスタンに声をかけられ、はっと我に返った。

「アーサー、そこにいますか？」

「はい、います」

ぼんやりしていたことを気取られまいと返事をしたアーサーに、見えない目を向けトリスタンが微笑みかけてくる。

「お願いしますよ、アーサー。ローランド様は随分と浮かれておいでです。目的を失わないよう、しっかり見張っていてください」

「あはは、トリスタン、本人を目の前に、嫌みだね」

それを聞き、ローランドが高らかに笑う声が食堂内に響き渡った。

「嫌みの一つも言いたくなるだろう」

トリスタンの隣に座るナダルが、大仰に肩を竦《すく》めてみせる。

「このところ、ローランドの『目的』はモリエール伯爵の財宝を取り戻すことより、恋愛沙汰《ざた》に重きが置かれてしまっているのだから」

「それは聞き捨てならないな、ナダル。あくまでも僕は、本来であれば父が所有していたはずの品々を取り戻すことに、何より注力している」

ローランドは幾分むっとしたようにそう告げたあと、

「しかし」

と苦笑し、言葉を続けた。

「指摘のとおり『恋』に重きを置いているというのもまた、否定はできない。でもそれは仕方のないことなんだ」

「開き直りか?」

呆《あき》れた口調になるナダルに向かい、ローランドが実に華麗に微笑んでみせる。

「開き直ってはいない。ただ、この楽園には彼が——リョーヤが必要だと、そう言いたいだけさ」

「気持ちはわかる。しかし……」

ナダルが何かを言いかけたものの言いよどむ。

「言いたいことはわかっているよ。リョーヤの『パートナー』のことだろう？」

ローランドはナダルが言い渋ったその内容を既に察していたらしく、微笑みながらそう言うと、

「そうだ」

と頷いた彼に向かい肩を竦めてみせた。

「リョーヤのハートを射止めているだけあり、なかなか手強《てごわ》い相手だ」

「国際刑事警察機構《ICPO》に見つかればまた、新たな『楽園』を探す必要が出てくる」

憮然《ぶぜん》とした表情でナダルがそう言い、ローランドを真《ま》っ直《す》ぐに見据える。

「しかもお前の言うとおり、『花嫁』の心はＩＣＰＯの刑事のものだ」

「無駄な横恋慕はやめておけ……そういうことか？」

ローランドもまた真っ直ぐにナダルを見返し、そう問うたあとに、ナダルが頷くのを待たず、ふっと笑って視線を逸《そ》らし、首を横に振った。

「できないな」

「なぜだ」

身を乗り出すナダルへと視線を戻すとローランドは、苦笑するように微笑み、再び肩を竦めてみせる。

「決して報われないとわかっていたとしても、愛しく想う気持ちは変えられない。恋ってそういうものだろう?」

「……それは……」

なぜかナダルが言葉を失い、黙り込む。少々不自然な沈黙が生まれたのだが、アーサーがその沈黙に気づくことはなかった。

『決して報われないとわかっていたとしても』

彼の頭の中では今聞いたばかりのローランドの言葉が巡っていた。

『恋ってそういうものだろう?』

そういうものだ。いつしか一人頷いていたアーサーの耳に、ローランドの明るい声が響く。

「ナダル、説教はもう終わりか?」

「言っても無駄だからな」

我に返ったアーサーの前では、ナダルがますます憮然とした顔になり腕を組んでみせていた。

「『恋』がどういうものかは知らないが、諦めるつもりはないことはよくわかったよ」

「『恋』を知らないとは。人生の喜びの九割を知らないといっているようなものだろうに」

一方ローランドは、先ほどトリスタンが言ったとおり、随分と浮かれているようである。恋する相手との対面を今まさに彼は頭の中で思い描いているのだろう。察したアーサーの口からまたも溜め息が漏れそうになったが、気力で堪え、笑顔を作る。

「さて、無駄話はこのくらいにして計画を練ることにしよう。展示会のスケジュールは？」

浮かれてはいるが本来の目的は忘れていなかったらしいローランドが、改めてそう言い、座に着く一同を見渡す。

「決まっているのは日程と会場のみ、といったところです。詳細についてはイベント企画会社に潜入させている者からわかり次第連絡がくることになっています」

即答するトリスタンに対し、ローランドが満足げに頷いてみせる。

「予告状を出さねば……だな」

ふふ、と笑ったローランドが、一瞬、遠い目をしたような気がしたのは、思い過ごしではないに違いない。

唇を嚙むのをまたも堪えなければならなくなったアーサーの頭にもまた、ローランドの視線の先にいるであろう幻の相手の——ローランドが恋してやまない警視庁の刑事、月城涼也《つきしろりょうや》の美しい顔が浮かんでいた。

2

朝食を終えるとローランドは一人で考えたいと言い、自室へと戻っていった。

「計画を練るんだろう」

後ろ姿を目で追うナダルの口から溜め息が漏れる。

「ナダル、わかりやすすぎますよ」

と、トリスタンが苦笑し、見えない瞳をナダルへと向けた。

「え？」

何が『わかりやすい』というのかと、アーサーが思わず疑問の声を上げる。途端にナダルは少し照れた顔になったかと思うと、

「そうじゃなくて」

とやや大きくなった声で喋《しゃべ》り出した。

「せっかくの『楽園』を失いたくないと思っているだけさ。トリスタンもここは気に入っているだろう？」

「……ここはローランド様の『楽園』ですからね。我々のではなく」

トリスタンの言葉に、ナダルが、うっと詰まる。

「……そうなんですよね……」

思わず相槌《あいづち》を打ってしまったアーサーは、トリスタンに微笑まれ、はっと我に返った。

「あなたもわかりやすいですね、アーサー」

「……それは……」

どき、とアーサーの鼓動が高鳴る。

もしや見抜かれているのでは。ローランド本人には勿論、周囲の人間に対しても完璧に隠し通せている自信はあったが、相手がトリスタンとなると話は別だった。

彼のような慧眼《けいがん》の持ち主の前には、いかなる隠し事も見破られてしまうに違いない。しかし、となると先ほどのナダルの『わかりやすすぎる』の意味も気になるのだが。

いつしか二人に対し探るような目を向けてしまっていたアーサーは、トリスタンに、

「部屋に連れていってもらえますか」

と声をかけられ、我に返った。

「ええ、勿論」

笑顔を作り、立ち上がったアーサーの手をトリスタンが取る。

「ありがとう。ナダルには別の用事をお願いしたもので」

微笑み、アーサーに手を引かれて歩き出すトリスタンに「お安いご用です」とアーサーも微笑

みを返す。

トリスタンの部屋はこの建物の最上階である三階の、最も日当たりのいい部屋で、部屋割りはすべてローランドが仕切った、その結果だった。トリスタンは、自分は目が見えないのだから、日当たりなど悪くていいし、眺望など当然不要だ、と固辞したが、ローランドは聞く耳を持たなかった。

食堂は二階にあるので三階まではエレベーターか階段を使う必要が出てくる。そのためトリスタンはアーサーに手を貸してほしいと頼んだのだが、それはまだ彼が新しいこの『楽園』に慣れていないためだった。

楽園に到着した直後にトリスタンは体調を崩し、ほぼベッドに身体を横たえているという状態が続いていた。まともに食事をとれるようになったのが三日ほど前からで、それで彼はまだ一人で自室に戻るのは不安といった状態らしかった。

だが実際、歩き出すとトリスタンは、目が見えないとはとても信じられないようなしっかりした歩調で廊下を進んでいく。

部屋に連れて帰ってほしいというのは、何か自分に話がある、その前振りなのかもしれない。そんなことを考えながらアーサーはトリスタンをエレベーターへと導き、三階のボタンを押した。

「ありがとう。助かりました」

部屋に到着するとトリスタンはアーサーに礼を言い、テラスに出たいのでそこまで手を貸してもらえないかと頼んできた。

「まだ少し風が冷たいと思いますよ」

暗に、午後からのほうがいいのではと勧めてみたのだが、それでも、とトリスタンに請われ、アーサーは彼をテラスの椅子へと連れていくと、室内にショールを取りにいくべく引き返した。

「ありがとう。至れり尽くせりですね」

ショールを羽織らせてやると、トリスタンは相変わらず穏やかな笑みを浮かべ、アーサーに頭を下げて寄越した。

「お茶でも淹《い》れましょう」

やはり風が冷たいのが気になる。また寝込むことのないようにとトリスタンの身を案じつつ、少しでも身体を温めるにはとお茶を勧めたアーサーに、トリスタンが不意に改まった口調で話しかけてくる。

「アーサー、少々立ち入ったことを聞いてもいいでしょうか」

「はい？」

いきなりどうしたのだ、と戸惑いの声を上げたアーサーは、続くトリスタンの言葉に思わず息を呑《の》んでしまったのだった。

「ローランド様に想いを伝えるつもりはないのですか？」

「……っ」

なぜ唐突にそんなことをトリスタンは言い出したのか。やはり先ほど指摘された『わかりやすい』というのはローランドへの恋慕を指していたとは、と動揺激しいあまり言葉を失っていたアーサーへとトリスタンが手を差し伸べてくる。

「驚かせたのなら悪いことをしました。あなたの心に土足で踏み込むつもりはないのです。ただ、この島に来てからというもの、あなたに元気がないようだと、それが気になっていたのですよ」

「……トリスタン……」

手を握ってきた相手の名を呼び、アーサーもまたその手を握り返す。彼の手のひんやりとした感触は、幼い頃からアーサーの好むものだった。

手の冷たい人は心が温かいという。まさにそれを地で行くトリスタンの手を握り締めたアーサーの口から、言うはずのなかった言葉がぽろりと零れ落ちた。

「告白したところで、ローランド様を困らせるだけです……」

「アーサー」

トリスタンが名を呼び、アーサーの手を握り返す。だが彼の口から、今の発言に対する反論が発せられることはなかった。

わかっているのだ。自嘲しつつアーサーは己の気持ちを物語るべく言葉を続ける。

「口を閉ざしていれば、ローランド様のお側にいられる。でも気持ちを打ち明ければお側を離れねばならなくなるでしょう。それは嫌です。ローランド様なしの人生など、僕には考えられませんので」

「ローランド様が『花嫁』を迎えられても、ですか？」

見えない目を真っ直ぐに向け、トリスタンがアーサーに問いかけてくる。

「…………お側にいられなくなるよりは……」

そのほうがいい。本心だというのに、答える己の声が震えてしまうのをアーサーは抑えられずにいた。

「……私が思うに、ローランド様にとってのあなたは、最早『家族』といった存在なのでしょうね」

トリスタンが更に強い力で、アーサーの手を握り直す。

「ローランド様の目には、未《いま》だにあなたは十二歳の子供として映っているのでしょう。あなたはもう、二十歳を超した若者に成長したのだということを知らしめたら、何か変化があるやもしれません。私はその可能性に賭けたいのです」

「……その心は？」

なぜにそんなことを願うのだ、との思いがアーサーの口を衝《つ》いて出る。

「……『花嫁』……なのです」

抑えた溜め息を漏らし、トリスタンが首を横に振る。彼の意図がまるで読めず、アーサーは眉を顰《ひそ》め、疑問を解決するべく詳細を問おうとした。

「……わかりません。ローランド様の『花嫁』は、月城涼也ですよね。彼の何が問題だというのです？　既にパートナーがいることですか？　確かに手強い相手ではありますが、ローランド様があの男に劣っているとはとても思えません」

「……そういうことではないのです……」

溜め息交じりにトリスタンがそう言い、首を横に振ってみせる。

「……それでは？」

何を気にしているのだ、とアーサーが問うたそのとき、背後から馴染《なじ》みのありすぎる声が響いてきた。

「月城涼也がどうこう、というんじゃない。逆にローランドが月城涼也に実際惚れているというのなら我々が口を出すようなことではない……が……」

「違うと……いうの？」

アーサーが問うた相手は、庭の薔薇園《ばらえん》から紅い薔薇ばかりを選び、生けるために切ってきたナダルだった。

「……アーサーが来たばかりの頃だったからな。もしかしたら覚えていないかもしれないが……」

ナダルがばさりと薔薇の切り花をテラスのテーブルの上に置いたあと、トリスタンへと同意を求める視線を向けつつ、口を開く。

「ユキ、という名に覚えはあるか？」

問うてくるナダルに対し、アーサーはすぐには誰の名か思いつかず「いいえ」と首を横に振りはしたものの、その名には聞き覚えがあるようなないような、と首を傾《かし》げた。

「その『ユキ』というのは誰なの？」

アーサーはナダルに問いかけ、ナダルが答えようとしたのだが、それより前に、トリスタンが深い溜め息を漏らしたものだから、アーサーとナダル、思わず二人して彼に注目してしまった。

「愛……ならいいのです。私が案じているのは、ローランド様のお心に、贖罪《しょくざい》の意識がまったくないといえるのか、それがどうにも気になってしまうのです」

俯《うつむ》いたトリスタンはそう言い、テーブルに置かれた薔薇の花を一本手に取ると、花弁に顔を近づける。

「贖罪とは、どういう意味なんです……？」

よくわからない。それゆえ問いかけたアーサーに向かい、トリスタンがゆっくりと首を横に振った。

「……少し、時間をもらえますか。申し訳ありません。私はあなたが『覚えている』ものだとばかり思っていたので……」

力なく答えるトリスタンの顔色が少し悪くなっていることにアーサーは気づいた。

「中に入ったほうがいいな」

ナダルもまた気づいたらしく、トリスタンに歩み寄り肩を抱くようにして立ち上がらせる。

「ありがとうございます」

礼を言うトリスタンをナダルが室内の、彼のベッドへと連れていく。薔薇の切り花を抱え、そのあとに続きながらアーサーは、トリスタンが何を言い渋っているのかと、その理由と内容を考えていた。

ベッドに入るとトリスタンは一言も口をきかず、どうやら眠ってしまったようだ、とアーサーはナダルと顔を見合わせ、できるだけ足音を忍ばせながら部屋を出た。

「なかなか体調が戻らないのが心配だな」

ドアの外でナダルが溜め息交じりにそう言い、今出たばかりのトリスタンの部屋を振り返る。

「食も細いままだしね」

アーサーもまたトリスタンの体調を案じ、部屋を振り返ったものの、彼の頭にはもう一つ、気になって仕方のないことがあった。

だがそれを今問うのは人道的にどうなのだという思いから、トリスタンの体調の話題を続けたのだった。

「本人、医者嫌いだけれど、一度きっちり検査したほうがいいと思う」

「そのとおり……だが、説得するのには骨が折れそうだ」

肩を竦めたナダルだったが、すぐに、

「まあそうも言っていられないな」

と頷いてみせた。

「ローランドに相談しよう。ロンドン在住の高名な医師にツテがあると聞いたことがある」

「僕が付き添うよ。すぐにも向かったほうがいいよね」

「……それは更に難しいかもな」

うーん、とナダルが唸《うな》る。

「…………『ディアーナの真心』はいつ、日本で公開されるんだっけ？」

『難しい』理由を察したアーサーの問いにナダルが即座に答えた。

「来月だ」

「その『仕事』が終わってからじゃないと、うんとは言わないだろうね」

「そのとおり」

ここでアーサーとナダルはまたも顔を見合わせ、二人して溜め息を漏らした。

「行くか」

「うん」

トリスタンの部屋の前を離れ、廊下を歩きながらアーサーは、気になっていた『もう一つのこと』をナダルに尋ねてみることにした。

「ナダル、『ユキ』って誰？」

「あー、それな……」

ナダルが困ったように頭を掻《か》く。

「どうしてトリスタンは『時間がほしい』なんて言ったんだろう？　自分から話題を出しておいて」

「……それもな……」

ナダルはますます困った顔になったものの、アーサーがその顔を見つめていると黙ってもいられないと思ったのか、渋々といった感じで口を開いた。

「……まあなんていうか、『ユキ』の名はローランドにとってはその……最も触れられたくない部分だと、我々は思ってるんだよ。いわば不可侵領域というか」

「不可侵……」

触れてはならない場所、侵してはならない場所——そう聞くとますます『ユキ』がどういった人間なのか、知りたい気持ちが募っていく。

「まあ、そのことだけが、トリスタンにブレーキをかけた理由じゃないと思うけどな」

と、ここでナダルがまた意味深なことを言い出したものだから、アーサーはますます気になってしまい、どういうことだ、と彼に問いかけた。

「他ってなに？」

「それを知ったときのお前の心情をトリスタンは思いやってくれたんだと思うぞ」

「僕の？」

意外な答えに思わず高い声を上げたアーサーだったが、すぐにその意味に気づき、なんともいえない気持ちに陥った。

「どうした？」

いきなり黙り込んだことを訝《いぶか》ったらしいナダルがアーサーの顔を覗《のぞ》き込んでくる。

「……僕がこれ以上、傷つかないか、それをトリスタンは気にしてくれたって、そういうことだよね？」

だがアーサーが視線を合わせ、そう告げたのに対し、ナダルは困った顔になりふいと目を背けてしまった。

「……いつから気づいてた？」

ナダルが、自分のローランドへの気持ちに気づいているか否かは、今までアーサーにはわからなかった。だが今の発言からすると、多分彼も『気づいて』いるのだ。

少しも隠せていなかったことへの羞恥から、随分と攻撃的になっている自分を持て余しながらも、アーサーはナダルに問いかけ、彼の視線を捕まえるべく顔を近く寄せた。

「覚えちゃいない。誤魔化してるわけじゃないぞ。いつの間にか、だ。想いが報われるといいと俺もトリスタンも願ってた」

「…………」

礼を言うべきかと迷った結果、アーサーは口を閉ざしていた。

なんということだろう。気づいていないのはローランド本人のみだとは。

他の仲間たちにも気取《けど》られていたとしたら、もう、顔を上げて島内を歩けない。溜め息を漏らしそうになっていたアーサーの胸の内はすぐさまナダルに知られることとなり、彼のフォローがすかさず入った。

「安心しろ。気づいているのはトリスタンと俺だけだ」

間違いない、と頷いてみせたナダルにアーサーは、

「……ありがとう」

と頭を下げたが、彼の気持ちが晴れることはなかった。

「知りたいよ。『ユキ』って誰なんだ？」

おそらく教えてはもらえまい。そう思いながらも問わずにはいられなかったアーサーに対し、ナダルは首を横に振った。

「教えてやりたいのは山々だが、トリスタンが口を閉ざしているものを俺が出しゃばるわけにもいかないからな」

「まあ、予測はつくけどね」

『傷つく』というのなら答えはこれしかないだろう。とはいえ言ったところでナダルからは正解か否かの答えは期待できないが。そう思いながらもアーサーは己が思うところの『正解』を彼に

ぶつけてみることにした。

『ユキ』というのはローランド様の想い人だった……そうだよね？　名前からして日本人で、しかも月城涼也と面差しが似ている。月城涼也以上に、ローランド様の心を射止めているその相手なんだろう？」

「言わないって言ったよな、俺は」

ナダルはそう答え、再びアーサーから目を逸らせたものの、その表情からアーサーは自分が正解を引き当てたことを察したのだった。

「月城涼也が『ユキ』の身代わりかもしれないと二人は思っている。ということはローランド様は『ユキ』への想いをかつて遂げられなかった。そうじゃなければ『身代わり』など必要ないだろうから。違う？」

「……わかったよ。このままじゃお前は悪い方に悪い方に、考えるだろうからな」

やれやれ、というようにナダルが溜め息を漏らし、ぽん、とアーサーの頭を軽く叩く。

「トリスタンには言うなよ……って言っても多分、気づかれそうだけどな」

「大丈夫。気づかれないようにするから」

ナダルはどうやら教えてくれる気になったらしい。これで一つ、胸のもやもやは消えるに違いないと確信したアーサーだったが、そうは上手《うま》く何事も運ばないと、その直後に彼は気づかされることになったのだった。

ナダルから『ユキ』に関する話を聞いたあと、アーサーは一人自室へと戻り、ごろりとベッドに横たわった。

聞かなければよかった――。

彼の頭に浮かぶのはその一言のみで、知りたいと望んだのは自分だろうに、と己を叱咤《しった》してはまた落ち込む、ということを彼は繰り返しているのだった。

涼也への想いを目《ま》の当たりにする、今の状態も充分応えるものではあったが、それ以上に『ユキ』の存在にアーサーは心を乱されていた。

トリスタンが自分に話を聞かせまいとした、その気持ちがよくわかる。だが聞きたいと無理を言ったのは自分なだけに、やりきれない思いのぶつけどころがない、とアーサーは深い溜め息を漏らした。

やはり賢者の言葉には従うべき、ということだろう。次にローランドと顔を合わせる際には、自分が『知っている』ことに気づかれないようにしなくては。

またも溜め息を漏らすアーサーの脳裏に、今聞いたばかりのローランドの過去の想い人についての話が蘇《よみがえ》る。

かなわない。とても。

涼也に対してもその思いは抱いていたが、『ユキ』への敗北感はそれ以上だった。

そもそも、勝機はないのだ。誰に対しても。その自覚は嫌というほど持っているのだから、今更落ち込むまでもないはずなのに、何を考えているんだか。

無理矢理、自嘲へと持っていこうとしたが、笑うことはできなかった。アーサーの口からは何度と数え切れない溜め息がまた、漏れていた。

それにしても、トリスタンやナダルに、ローランドへの恋情を見抜かれていたことはショックだった。

仕方なく思考を切り替え、アーサーは仲間の二人へと思いを馳せた。

トリスタンとナダルがおそらく、『Blue Rose』という組織内ではローランドとの付き合いが一番長い二人ではないかと思われる。より付き合いが長いのはどうやらナダルらしいが、僅差であるということはそのナダルからかつて聞いたことがあった。

どちらもローランドにとって、そして『Blue Rose』にとってもなくてはならない存在である。その二人が今、尽きせぬ不安を抱えていることを知らされるに至り、アーサーは正直、戸惑いを覚えていた。

ナダルの『不安』は、涼也をこの島に招くことにより、ようやく完成した『楽園』にＩＣＰＯの捜査の手が伸びるのでは、という、アーサーもまた抱いていたものだった。

一方、トリスタンの懸念は、ローランドの涼也への想いが、果たして彼への『愛情』といえるのかということだった。

愛情ならば自分が口を出すことではない。だがそうではない場合、誰もが——特にローランド本人が幸せにはなれないと、それを案じている。そのことからも、トリスタンのローランドに対する深い愛情が窺えた。

ローランドがトリスタンを労《いたわ》り、愛するように、トリスタンもまたローランドを愛している。ナダルも同じだ。

その『愛』は『恋愛』ではなく、『家族愛』と呼ぶに相応しい愛情である。そしてローランドの自分に対する愛も、この『家族愛』に他ならない。

最早、この世に『家族』といえる身内が誰一人としていない自分には、決して得られることのない愛情である。それを与えてもらっただけで満足するべきなのだ。

頭ではわかっているのだが——。

またもアーサーの口から、深い溜め息が漏れる。

ローランドの過去の話を——『ユキ』の話を聞いてしまった今、アーサーは『家族愛』以上の愛情を注がれたいと切に願ってしまっていた。

『家族愛』では救えないものがあるということもまた、同時にトリスタンとナダルから教わったからである。

愛とはなんなのだろう。ベッドから起き上がり、テラスに出て海を眺める。美しいコバルトブルーの海は今日は凪《な》いでいたが、西の空にはいつものように雨雲が湧き起こり始めていた。間もなくスコールが来るのだろう。空気に湿気がこもっているのがわかる、と、再び室内に入り窓を閉める。

トリスタンの体調が戻らないのは、この高い湿度に原因があるのかもしれない。雨期が終われば過ごしやすい気温や湿度となるとのことだったが、それまではどこか、他の地で療養してもらったほうがいいのではと、ローランドに進言してみようか。

トリスタンもローランドの言うことなら聞くだろうし、と思いつつアーサーは、ローランドの様子を見に彼の部屋へと向かうことにした。

「失礼します」

ノックをし、ドアを開く。室内にいると思っていた彼の姿はなく、どこへ言ったのだとアーサーは部屋の中に足を踏み入れ、ざっと周囲を見渡した。

バルコニーにも彼の姿はない。それなら、と浴室に向かうもそこにもいない。

「…………」

朝、ローランドが身に纏っていたバスローブがかけてあることに気づいたアーサーの足はふらふらとそのほうへと向かっていた。

手を伸ばして腕に抱いたのは、洗濯をしようと思ったから——のはずが、次の瞬間アーサーはそのバスローブに顔を埋《うず》めていた。

微《かす》かにローランドの匂いがするような気がし、深く息を吸い込む。いつしか閉じてしまっていた目の裏に、ローランドの美しい裸体が浮かび、どくん、と鼓動が高鳴った。

「……ローランド様……」

思わず名を呼び、バスローブを抱き締める手に力を込め、一層深く息を吸い込む。

だが次の瞬間にはアーサーは我に返ると、一体何をやっているんだ、と尽きせぬ自己嫌悪の念に苛《さいな》まれながら、バッと顔を上げた。

「…………」

ちょうど目の前、洗面台の大きな鏡に、バツの悪そうな表情をした自分の顔が映っている。しっかりとローランドのバスローブを抱き締めている己の姿がいかにも滑稽《こっけい》であることに、アーサーは自虐の笑みを浮かべ、本当に何をやっているんだか、と軽く頭を横に振った。

鏡の中の自分も歪んだ笑いを白い顔に浮かべながら、阿呆《あほう》のように首を横に振っている。

と、そのとき、

「どうした？」

不意に声をかけられ、アーサーははっとして声のほうを——洗面所へと通じるドアのところに立っていたローランドへと目をやった。

まさか見られていたのか。いつから？　バスローブを抱き締めているところは見られていないよな？

動揺しながらもアーサーは、なんでもない、と首を横に振り、逆にローランドに問いかけた。

「何かお飲み物でも用意しようかと思ったのですが、ローランド様はどちらにいらしていたのですか？」

「宝物殿だよ。父の愛した品々に報告をしてきた。間もなく仲間が一つ増えるので楽しみにしていてほしい、とね」

にっこり、と微笑み告げるローランドの表情に、いつもと違う部分はまるでなかった。ちょうど今、部屋に戻ったところか、と察したアーサーは思わず安堵の息を吐きそうになったが、すぐさまそれを気力で堪えた。

「『ディアーナの真心』のことですね。増える仲間というのは」

『報告をしてきた』ということはローランドの頭の中で、既に計画は立て終わっているということだろう。夜にはトリスタンがその計画をブラッシュアップし、より完璧なものに仕上げるに違いない。

「そうだよ。一刻も早く月の女神『ディアーナ』を彼らのもとに届けたいよ」

ローランドはそう言い、微笑んだが、彼の目はどこか遠くを見ているような気が、アーサーにはしていたのだった。

彼が見つめる先にいるのは幻の涼也か、それとも『ユキ』なのか。

どちらにせよ、自分ではないということがこうもつらい気持ちを呼び起こすとは。ともすれば唇を噛みたくなるのをアーサーは必死で堪え、微笑んでみせたのだが、ちらと視界の隅に映る鏡越しのその笑顔は自画自賛したくなるほど、己のつらすぎる胸の内を少しも露呈していない穏やかな笑みで、だからこそ気づかれずにいるのだろうと心の中で呟くと、胸に秘めたる恋情を更に胸の奥へと厳重に仕舞い込んだのだった。

3

それからの一ヶ月はあっという間に過ぎた。いよいよ日本で『ディアーナの真心』が公開される日の前日、ローランドとアーサー、そしてナダルら、この計画に参加する仲間たちがひっそりと日本に入国し、それぞれの持ち場についていた。

今回、『ディアーナの真心』を盗む組と月城涼也を誘拐する組、二手に分かれての行動となっていたが、アーサーはローランドと共に、『ディアーナの真心』を盗む側に組み込まれていた。

既に予告状は出しており、展示会が始まるより前に『ディアーナの真心』を盗み出す手筈《てはず》は整っている。

展示会場は外資系ホテルの宴会場という少し珍しい場所だった。『ディアーナの真心』は横浜在住のある資産家が所蔵していたのだが、亡くなる際、自分の美術品を一般公開し、希望があれば販売するようにとの遺言を残したのである。

独居老人となっていたその資産家と親族の間にはどうやら確執があったようで、遺産は殆《ほとん》ど慈善団体への寄付が決まっており、美術品の販売金額もまた、寄付されることが決まっていた。

いわば『オークション』であるのだが、すべてを仕切っているのは資産家が長年美術品を購入してきた古美術商で、資産家への恩義から彼は親族らの横槍に負けずにすべて遺言どおりにことを進めるとマスコミに向かって宣言し、ドロドロした遺産相続問題もあわさって世間ではかなりの話題を呼んでいた。

資産家が『ディアーナの真心』を入手したその経緯をトリスタンが調べ上げたところ、ローランドの父、モリエール伯爵を罠《わな》に嵌《は》めたイギリス貴族の一人が事業に失敗し、旧知の仲である資産家に融資を頼った、その礼として譲られたものだということがわかった。

落札額は慈善団体に寄付されるということであるし、堂々と応札するという道もないではなかったが、父を陥れた男と繋《つな》がっているとなればやはり奪い返すほうを選びたいとローランドは『Blue Rose』として『ディアーナの真心』を盗む計画を立て、それを実行に移すことにした。

オークションそのものを中止にするつもりはなかったため、決行日は開催の前日を選んだ。前日には美術品はすべてホテルの会場に運び込まれ、百名を超える警察官、警備会社の人間が夜通し一つ一つの展示品を数名で囲むという警護態勢がとられている。

その中から『ディアーナの真心』を盗み出すだけでも困難ではあるのだが、加えてローランドは慣例に従い『予告状』を出していた。

『展示会の前日に「ディアーナの真心」をいただきに参上します。Blue Rose』

盗む品まで明記をしたおかげで、『ディアーナの真心』には当然ながら特別の警護網が敷かれることとなり盗み出すのは更に困難になると思われたが、その『困難』を難なくやってのけるのがローランドであるため、アーサーは盗難のほうはさして案じてはいなかった。

一方、ローランドは涼也に『招待状』を送っており、彼を誘拐することに対しては、果たして本当に成功するのかと、それをアーサーは気にしていた。

招待状は熱烈なラブレターで、楽園が完成したので是非《ぜひ》遊びに来てほしいという内容が書かれているようだった。

『ようだった』というのはローランドが文面を誰にも見せなかったためであり、そのことにアーサーは大分落ち込んでいた。

今までローランドが『予告状』を見せなかったことは一度もなかった。そこにはどれだけ彼の熱い想いが語られていたのかと、想像するだけでアーサーは涼也に対し、嫉妬に身を焼かずにいられなかった。

計画では仲間の一人が扮した美術品の鑑定士が、『ディアーナの真心』は贋作の疑いがあると古美術商に持ちかけ、別室で鑑定をするという運びとなっていた。

催眠ガスで室内にいる皆を眠らせ、コネクティングルームとなっている隣の部屋から『ディアーナの真心』を運び出す。

部屋は古美術商が予約したものだったが、ローランドは仲間をホテルに潜入させ、コネクティングルームとなっている隣の部屋を押さえさせていたのだった。

同時に会場で騒ぎを起こし、混乱に乗じて涼也を連れ出す。会場に涼也を残す算段として、鑑定士に『ディアーナの真心』は本来ブロンズ像ではなく、他の展示品の中にある真珠のブローチを指すのだという『嘘』を語らせ、警察にはその警護にあたらせるという計画をローランドは立てていた。

間もなく『偽鑑定士』が会場を訪れる。一人なら信用されないだろうが、古美術商の古くからの知り合いの同行者として登場するため、古美術商は聞く耳を持つという手筈となっていた。

『ヒースが会場入りした。すべて計画どおりだ』

インカムにナダルの声が聞こえる。ローランドとアーサーは今、これから一同が向かうであろう古美術商の部屋の隣に身を潜めていた。

「了解」

短く答え、引き続き隠しカメラが捕らえる会場内の画像が転送されているスマートフォンの画面を眺めていたローランドの眉間にはくっきりと縦皺が刻まれていた。

「どうなさいました？」

何か心配事がある様子のローランドにアーサーが問う。

「いや……キースがいないのが気になっているんだ」

ローランドはアーサーに答えたあと、インカムのマイクに向かい問いを発した。

「ナダル、本当にキースはその場にいないんだな？」

『ああ、今回、ＩＣＰＯは関与していない。警護は警視庁と民間の警備会社に任されているというが、気にはなるよな』

ナダルもまた訝しく思っているようでそう告げたあとに、

『ただ、入国している気配もないんだ』

と言葉を続けた。

「そうか……」

相槌を打ったローランドが黙り込む。暫《しばら》く沈黙が続いたが、やがて再びインカムにナダルの声が響いてきた。

『これから「ディアーナの真心」が予定どおり運び出される。月城涼也は会場に残ることになった。催涙ガスを噴射するタイミングを指示してくれ』

「……わかった」

短く答えたあとローランドが、

「ナダル」

とインカムに呼びかける。

『なんだ？』

問い返してきたナダルに対し、ローランドがかけた言葉を聞き、アーサーは意外さから思わず彼の顔を見やってしまった。

「逮捕の危機を察したらすぐに逃げるんだ。リョーヤは諦めていい」

『何を言っている？』

問い返すナダルにローランドは、

「いいな？」

と念を押したあと、視線をアーサーへと向けてきた。

「アーサー」

「はい？」

何事だ、と居住まいを正したアーサーにローランドは驚くべき指示を与えた。

「会場に向かってくれ。おそらくナダルはリョーヤ誘拐に失敗する」

「えっ？」

なぜだ、と問う暇をローランドはアーサーに与えなかった。

「早く向かってくれ。ナダルは自力で危機を脱するだろうが、もし彼が警察の手に落ちそうになったら手を貸すように。まずはナダルの身の安全の確保だ。それが図られるようならリョーヤ誘拐はお前に任せる」

「…………」

言葉を失っていたアーサーのインカムに、幾分むっとした様子のナダルの声が響く。

『おい、随分と信用がないじゃないか』

「信用しているからこそだよ」

ローランドはそう言うと、パチ、とアーサーにウインクをして寄越した。

「幸いなことに……と言うのはプライドに障るが、今回は『ディアーナの真心』が盗まれようがどうしようが、興味がない連中ばかりだからね。こちらの盗難についてはさほど心配していないんだ。ただ、『Blue Rose』逮捕には警察もＩＣＰＯも血道を上げているだろうから、油断はできないのだけれどね」

肩を竦めてみせたあと、ローランドがアーサーの目を覗き込むようにし、言葉を続ける。

「警察が——いや、違うな。キースが案じているのはリョーヤの身の安全だ。彼らは『相思相愛』ではあるが、誠に名誉なことにキースは僕に対して危機感を覚えてくれているようだ。だからこそ今回は絶対にリョーヤを奪われないようにと、そちらに重きを置いている。それこそ、『ディアーナの真心』はくれてやる、くらいのことを考えていかねない」

「…………」

顔が、近い。

アーサーの頭にまず浮かんだのはその思いだった。頬に血が上るのを堪えるのが精一杯で、ローランドの話が半分も頭に入ってこない。

しっかりせねば。気力で思考を切り替えようとするアーサーに尚も近く顔を寄せ、ローランドが囁《ささや》きかけてくる。

「だからこそ、アーサー、お前に託したい。おそらくナダルは完璧にマークされているだろう。

隙を突いてリョーヤを連れ出してくれ」

「……わかり……ました」

ようやくローランドの意図を察しはしたが、アーサーは素直に頷けないものを感じていた。とはいえ、それを主張できはしない。ただ頷くしかなかったアーサーの心理は彼の望みどおり、ローランドには伝わらずにすんだ。

「頼んだぞ、アーサー」

ローランドが笑顔になり、アーサーの肩を叩く。

「はい」

頷いたアーサーの胸はやりきれなさで溢れていた。だがそんな己の思いに蓋《ふた》をし、一礼すると密かに部屋を抜け出した。

会場に向かい、非常階段を駆け下りる。神経は張り詰めていたが、それでも思考が余所《よそ》にいきそうになるのを、アーサーは必死で堪えていた。

会場に到着したそのとき、アーサーの耳にインカム越し、ローランドの声が響く。

『今だ。催涙ガスを噴射しろ』

『了解！』

ナダルの声がした直後、扉越しに大勢の人間の悲鳴が響いた。

上手くいったのでは。アーサーがそう思った次の瞬間、室内に今まで以上のざわめきが走った

のが聞こえてきた。

「警察だ！　手を上げろ！」

「えっ？」

いつの間に、そしてどこから？　宴会場の入口は今、アーサーが立っているところともう一ヶ所、控え室に通じるドアのみだった。

控え室は既に、ローランドの仲間が押さえているはずである。なのにどこから、とアーサーは宴会場内に飛び込もうとしたのだが、そんな彼の耳にインカムからローランドの計画変更を指示する声が響いてきた。

「はい！」

返事をし、ポケットの中に手を突っ込んで球体を握る。強い刺激を与えると閃光を発するそれを一旦離し、サングラスをかけるとドアを勢いよく開き、ざっと室内を見渡した。

果たして室内にはキースがいて、今まさにナダルに手錠をかけようとしているところだった。

「プランB！」

仲間にだけわかる言葉を叫び、閃光弾を床に投げつける。そのときには既にナダル他、ローランドの仲間たちはサングラスを装着していた。

目に痛いほどの閃光が室内を覆う。警察官たちが動揺する中、アーサーは真っ直ぐに涼也へと駆け寄ると彼の鳩尾《みぞおち》に拳《こぶし》を叩き込んだ。

「うっ」

抑えた声を漏らし、涼也がアーサーのほうへと倒れ込んでくる。

「任せたぞ！」

ナダルが言いながら、逆にキースを押さえ込もうとしている。

「はいっ」

返事をし、アーサーは涼也を肩に担ぐと素早く室内を駆け出した。

そのままホテルの外に出、路上に停めた車の後部シートのドアを開き涼也を押し込むと、運転席に乗り込み車を発進させた。

今のところ、追っ手はいないようである。あとは無事に横浜へと向かい、港に停めた船に涼也と共に乗り込むだけである。よかった、と安堵の息を吐いたアーサーは、バックミラー越しに後部シートで横たわる涼也を見やった。

当分、意識を戻さないだろうが、一応手足の自由を奪っておいたほうがいいだろうか。横浜港から三沢へと移動し、自衛隊の基地から『楽園』へと飛び立つ手筈は整っていた。このまま順調にいけば、一時間以内で横浜港にひっそりと停泊している船まで到着するはずだ。

ああ、その前に。

アーサーは車を路肩に停めると、まずは涼也の手足を縛り、彼が発信機などを身につけていないかをくまなく確かめる。

どうやらその気配はないと納得してから彼が途中で目覚めぬようにと麻酔を注射すると、アーサーは運転席に戻り、再び車を走らせた。

ナダル以下、仲間たちは無事に逃げおおせただろうか。そしてローランドは『ディアーナの真心』を手にすることができただろうか。

明日には皆して、『楽園』に到着し成果を報告し合えていることだろう。その場にはこの、涼也もいるのだ。ローランドの『花嫁』として。

「…………」

なんだか——いやだ。

頭に浮かぶその言葉から、アーサーは敢《あ》えて耳を塞いでいた。

嫌でもなんでも、あの『楽園』は自分たちの楽園ではない。ローランドの『楽園』なのである。

彼が望むとおりの『花嫁』を迎えるに相応しい場所だ。そこに私情を挟む余地などないのだ。

溜め息が漏れそうになる唇を噛みしめ、ローランド特製のナビへと視線を向ける。

すでにあらゆる道路で検問が始まっているのが、画面に映し出されていた。検問を避けるには一旦、ひなびた地へと向かう必要がありそうだ。奥多摩の山中から横浜を目指す道を見つけねば、と地図を眺めていたアーサーの胸に、チクリ、と痛みが走る。

なぜ、彼を連れていかねばならないのだろう。

バックミラー越しに涼也の顔を眺めるアーサーの口から、堪えきれない溜め息が漏れる。

「今更……か」

呟き、より細い道を左折するアーサーの頭にあった考えはただ、ローランドの望むがままに、ということのみだった。


「………」

どうしてこんな状況に陥ることになったのか、とアーサーは漏れそうになる溜め息を唇を噛むことで堪えた。

検問を避けた結果、奥多摩の山中に向かうしかなくなったアーサーの車は、山道に入った途端、エンストしてしまったのだった。

車の整備は常に心がけていたし、アーサー自身、明日から整備士になれるほどに車の構造については精通していたが、その彼であっても今回の故障は直すことができなかった。

車を捨て、まだ意識を取り戻していない涼也を担ぎ、今宵、夜を明かす場所を求めて歩き出す。

何をしているんだか、という思いが一歩足を踏み出すごとにアーサーの胸の中で去来した。

アーサーにとって涼也の身体を担いで歩くということは少しの苦痛でもなかったが、とはいえ一人で歩くよりは負担がかかる。

ローランドの希望でなかったら、と幾度思ったか、数えきれないなと再び唇を噛んだアーサーだったが、ようやく夜を明かすことができそうな山荘を見つけ、ほっと安堵の息を吐いた。

中が無人であることを確かめ、鍵を壊して中へと入る。誰かの別荘らしく、室内は埃《ほこり》っぽくはあったが綺麗に片付いていた。

家の中は真っ暗だったが、アーサーは非常用の蠟燭《ろうそく》を食堂の引き出しからすぐに見つけ出し、それを灯すと玄関を入ったところにあるリビングダイニングを見渡した。

ソファにかかっていた布をどけ、そこに涼也の身体を横たえる。

「ん……」

目の前で涼也が、苦しげにうめき、眉を顰める。そろそろ目覚めるなと察したアーサーは、彼に猿轡《さるぐつわ》を嵌めるべくポケットから布を取り出した。

口に嵌めようとしたそのとき、目覚めたらしい涼也に声をかけられる。

「……ここは……？　まさかローランドの『楽園』か？」

「まさか」

あまり動揺している様子のない涼也に対し、違和感を覚えつつもアーサーは彼に猿轡を嚙ませようと手を動かした。

「騒ぎはしない。話がしたいんだ。口は塞がないでもらえないか？」

「…………随分と、落ち着いていますね」

どういうことだ？　とアーサーは手を止め、涼也を見やった。涼也もまた真っ直ぐにアーサーを見返してくる。

暫し見つめ合ったあと、目を逸らせたのはアーサーだった。

「わかりました。大人しくしていてください」

手足の自由を奪っているのだ。たいしたことはできないだろう。もし、大声を出すようなことがあればそのときはまた気絶させるまでのこと。

アーサーが涼也からの頼みを受け入れたのには、実は理由があった。

『できるかぎり丁重に扱ってくれ』

ローランドにそう、命じられていたためである。

「建物内を探索してきます。大人しくしていてください」

そう言い置き、燭台を手に立ち上がろうとしたアーサーに涼也が声をかけてきた。

「もしやアクシデントが？　今日のうちには日本を発《た》っている予定だったんじゃないのか？」

「それを聞いてどうしようというのです？」

アーサーが思わず険のある声を出してしまったのは、涼也が自分の失態を嘲笑する気ではないかと思ったためだった。が、すぐ、穿《うが》ちすぎかと気づき、首を横に振る。

「失礼しました。声が嗄《か》れていますね。今、水を探します」

定期的に使っている建物のようだし、備蓄のためにミネラルウォーターくらいはあるのでは。

そう思い、アーサーはキッチンへと向かうとすぐに箱詰めにされたミネラルウォーターを見つけ、それを手にリビングへと戻った。

「食事は我慢してもらえますか。あなたの仰《おっしゃ》るとおりアクシデントがありました。車がエンストしたのです。恥ずかしい話です」

どうぞ、とペットボトルのキャップを開け、涼也の上体を起こしてやってから、口元に運んでやる。

「そうだったんだ……」

涼也は呟くようにそう相槌を打ったあと、ごくごくと水を飲み、ありがとう、もういい、とアーサーに目で合図をして寄越した。

再び横たえようとしたアーサーは涼也に、

「座らせてもらえないか？」

と頼まれ、問題ないようなので希望を聞いてやることにした。

「ここはどこだ？」

「さあ」

涼也の問いに、アーサーはとぼけたわけではなかった。日本の地名に馴染みがなかったため、カーナビの地図で見た地名を覚えていなかったからだったのだが、果たして仲間はどのタイミングで救出に来てくれるだろうか、と一人思考を働かせた。

ローランドは既に、『ディアーナの真心』を手に国外に出ていることだろう。ナダルらが警察を撒《ま》き、乗り捨てた車の位置を頼りに探し出してくれるのは果たしていつになることか。

連絡を取れば早いだろうが、警察に傍受される危険があるためできるだけ通信機器は利用しないようにというのがローランドからの指示だった。

車には特殊なGPSが仕込んであるため、ローランドら仲間たちが見つけてくれるに違いない。それを待つしかないか、と溜め息を漏らしそうになっていたアーサーは、涼也に声をかけられ一人の思考の世界から戻った。

「横浜港から三沢基地へ、そこから国外へ——というのがキースの読みだったのだけれど、当たったかな？」

「キース・北条《ほうじょう》はやはり、随分前から入国していたのですね」

まさに当たりだ、と思いながらもそれは答えず、逆にアーサーは涼也にそう問いかけた。

「久々に『Blue Rose』から予告状が届いたからね」

そうだ、と涼也が頷いてみせる。

彼の顔に笑みが浮かんでいることにアーサーはすぐに気づいた。

「恋人と久々の逢瀬を楽しんだ、というわけですか」

揶揄《やゆ》したくなるような笑みだ、と思いつつ、そう告げたアーサーの前で、涼也の頬にみるみるうちに血が上ってくる。

「そういうわけでは……」

言い訳をしかけた涼也だったが、すぐに思い直したらしく、

「……聞かせてもらえないか？」

とアーサーを真っ直ぐに見つめてきた。

「何をです？」

アーサーもまた、涼也を真っ直ぐに見返し、問い返す。

「……その……自分でこんなことを言うのは恥ずかしいのだけれど」

赤い顔のまま涼也が言葉を続ける。何を言う気か、と、まったく予測がつかなかったアーサーは眉を顰めつつ、涼也の話に耳を傾けることにした。

「……あなたも、そしてローランドも、僕とキースがその……愛し合っているということを知っている……よね？」

「…………」

恥ずかしがるのもわかる内容に、アーサーは珍しく噴き出しかけた。が、続く涼也の言葉を聞いた彼の胸には、自分でも抑えがたいどす黒い感情が湧き起こることになったのだった。

「なのになぜ、ローランドは僕を『楽園』に、しかも花嫁として迎えようとするのか。僕は彼の花嫁にはなれない。男だから当然なり得ない、ということもあるけど、それ以上に僕には既に愛する人がいるというのに、なぜ……」

「それは……っ」

思わずアーサーは高い声を上げ、涼也の言葉を遮っていた。

「…………」

その声が悲鳴のようだったため、驚いたらしい涼也が息を呑み、アーサーを見返す。

「……アーサー……さん、だったか……あの……」

大声を上げたあと、黙り込んだアーサーに、涼也がおずおずと声をかけてくる。

「アーサーで結構です」

主を呼び捨てにしているのだから、と答えられるようになったときには、アーサーの気持ちは随分と落ち着いていた。

とはいえ、胸の中に渦巻く感情が消えたわけではない、と、涼也を見返し口を開く。

「ローランド様がなぜ、あなたを『花嫁』として迎えようとしているのか、本当にあなたはその答えがわからないのですか」

口調も、そして目つきもきつくなってしまっているのが自分でもわかる。らしくないぞ、とアーサーは目を伏せると、涼也が答えるより前にその『答え』を告げたのだった。

「ローランド様はあなたに恋をしているからです。たとえ相手に想い人がいようと、諦められないほど熱烈な恋を」

告げる言葉はいくら意識してもやはり、冷たい口調になってしまった。同時にアーサーの胸は酷い痛みを覚え、シャツの前を握り締めたくなる衝動を彼は必死で抑え込んだ。

「今、あなたは相思相愛です。ですがもし、キース・北条に恋人がいたとしたらどうです？　諦められますか？」

「それは……」

絶句する涼也を前に、今や胸の痛みが堪えきれないほどに大きくなっていたアーサーは思わず、言うつもりのない言葉をぶつけてしまったのだった。

「自分の身に置き換えてみればわかるでしょうに。あなたは今まで、愛する人には必ず愛されてきたんでしょうね。だからこそ、想像力が働かない。なんて幸せな人でしょう」

「……アーサーさん……」

言い捨てたアーサーの名を涼也が呟く。

「…………失礼しました」

唖然《あぜん》としている彼の表情を目の当たりにし、アーサーは感情的になりすぎた自分を恥じ、俯いた。

「……ともあれ、ローランド様のお気持ちは本物です。あなた宛てに今回、長いお手紙を書いていらした。中身は当然、存じませんが、思うにそこにはあなたへの真摯《しんし》な思いが綴《つづ》られていたのではないでしょうか」

言葉を続けるうちに、胸の痛みはますます増し、アーサーの目の奥に熱いものが込み上げてきた。

泣くまい。この男の前でだけは、決して弱みを見せたくない。それゆえアーサーは話を打ち切るべく顔を上げ、涼也を真っ直ぐに見つめ、笑顔を作った。

「私の役目はあなたをローランド様のもとに届けることです。夜は冷えそうですので、上掛けがないか探して参りましょう」

この場を離れる最もわざとらしくない用事を思いつき、立ち上がろうとしたアーサーを、またも涼也が呼び止めた。

「アーサーさん」

「『アーサー』でいいと申し上げたはずです」

尚も笑顔を浮かべ、そう告げたアーサーに、涼也が眉を顰めつつ問いかけてくる。

「もしや君は、ローランドに恋をしているんじゃないか？」

「……っ」

アーサーの胸の中でどす黒い感情が爆発する。今にも涼也に飛びかかり両手でその細い首を絞めたくなる衝動を必死で抑え込むアーサーの脳裏にはそのとき、『花嫁』の到着を待ち侘びているであろう愛しい主の美しい顔が浮かんでいた。

4

「……悪かった。立ち入ったことを聞いてしまって……」

絶句したまま、涼也を睨《にら》み付けていた自分にアーサーが気づいたのは、目の前で涼也が心底反省した表情となり頭を下げてきたときだった。

「……いいえ、あまりに驚いてしまって。こちらこそ失礼しました」

アーサーは笑顔を作り、涼也に頭を下げると「失礼します」と立ち上がり、上掛けを探すために寝室がありそうな建物の二階へと向かおうとした。

「……幸せというか……僕は今まで、ちゃんとした恋をしたことがなかったんだ」

ぽつり、と涼也が呟く。何を言いだすのか、とアーサーは足を止め彼を振り返った。

「人を愛するということがどういうことか、キースに会うまでわかってなかった。一応、女性と付き合ったりしたこともあったけれど、本当の意味で『愛している』と思ったのはキースが最初なんだ」

「……それはやはり、幸せなことですね」

頼むからこれ以上、殺意を覚えるような言葉を告げないでほしい。内心溜め息を漏らしつつ振り返ったアーサーは、涼也と視線があったことでまた殺意が蘇りそうになり、すっと目を逸らせた。

いっそ殺してしまいたい。彼の命を奪うことができたらどれだけ溜飲が下がるだろう。

もう二度と、ローランドが愛しさを湛えた視線を彼に向けるところを見ないですむのだ。だが感情の赴くままに涼也を殺した場合、ローランドを永久に失うこともまた、アーサーには痛いほどにわかっていた。

ローランドは自分を決して許すまい。彼の憎しみが一手に自分に向かうのならまだ行動に移す甲斐《かい》もあろう。『憎しみ』という他人に向けられるのとは違う感情を向けられるのなら、喜んでそれを受け入れようと思う。

だがローランドが『憎しみ』を抱くのを、あるときからやめてしまっていることを、アーサーは知っていた。

彼が憎んでいた相手は、無実の父を死に至らしめた人間たちに限られていたが、その『憎しみ』もまた、長年世話になったフランスの『マダム』が亡くなったあとには昇華した、といつだったかローランドはアーサーとナダル、それにトリスタンに告げたことがあった。

憎しみからは何も生まれない、というマダムの言葉に感じ入った、というローランドはもう、新たな憎しみを背負うことはない。

もし自分が涼也を殺せば、ローランドは自分という存在を彼の世界から切り捨て、なかったものとして扱うに違いないと、それがわかっているだけにアーサーはどす黒い感情を行動に移すのを躊躇《ためら》うのだった。

「君が最初に愛した人が、ローランドなんじゃないかと、そう思ったものだから、失礼を承知で聞いてしまった」

涼也の言葉がアーサーの耳に刺さる。もう、黙ってもらえないか、と再び彼を睨みかけたアーサーは、続く涼也の言葉を聞き、声を失ってしまったのだった。

「だから今、君が凄《すご》くつらいんじゃないかと、そう思ってしまったんだ」

「…………」

つらい——そう。つらい。だがそれをお前に指摘される以上につらいことはない。

はっきりとした殺意が今、アーサーの胸には芽生えていた。殺してやりたい。二度とふざけた言葉を口にできぬよう、命を奪ってしまいたい。

本当に殺してしまおうか。一思いに殺してしまえば、何もかもを諦めることができるかもしれない。

どうせローランドの愛情を得ることは——『家族愛』ではない愛情を得ることは最初からかなわないのだ。

一歩を涼也へと踏み出し、彼を見つめる。今、自分の目にはきっと、憎しみの焔《ほむら》が燃えさかっているに違いない。そう思いながらもう一歩、足を進めようとしたアーサーだったが、涼也に尚も頭を下げられ、気持ちが萎《な》えていくのを感じた。

「悪かった。どう言えば君を傷つけずにすんだんだろう。人間関係を築くのが苦手で、人を傷つけがちなこの性格をどうにかしたいんだけど、悪気はないということだけはわかってほしい」

「……わかります。それは」

毒気を抜かれてしまった。溜め息を漏らし、その場に座り込んだアーサーに向かい、涼也がおずおずと声をかけてくる。

「逃げたいから……というわけじゃなく、僕を連れていかないほうがいいとは思わない……かな？」

「逃げたいと顔が言ってますよ」

思わずアーサーは噴き出し、涼也を見た。

「まあ、逃げたくはあるけれど、それ以上に……っ」

慌てた様子で言葉を発する涼也に対してアーサーは最早、殺意を手放していた。

ローランドが恋するのもわかる気立てのよさである。かなわないな、と苦笑してしまっている自分に気づき、アーサーはなんともいえない気持ちになった。

「私はあなたの言葉には別に傷ついてはいません」

そんな彼を黙らせたくもあり、そして彼が抱いているであろう罪悪感を払拭《ふっしょく》させてやりたい気持ちもあり、アーサーは自分の思いを涼也に伝え始めた。

「強がっているわけではないのです。ただ私は、ローランド様が微笑んでいてくだされば、それでいいと、本心から思っているのですよ」

「…………」

涼也が眉根を寄せ、自分を見るのがわかる。本当に彼は思っていることが顔に出るのだなと、笑いそうになりながら、アーサーは言葉を続けた。

「嘘や誤魔化しではありません。あなたに対して見栄を張っているわけでもない。ただ私はもう、ローランド様が悲しむ姿を見たくないのです」

「……それは、マダムのこと？」

涼也がおずおずと問いかけてくる。

「……そうですね……」

マダムが亡くなったときにもローランドは酷く落ち込み、暫くの間彼の美しい顔に微笑みが浮かぶことはなかった。

だがアーサーら、仲間の前では決してローランドは涙を流しはしなかった。首を横に振るアーサーの脳裏に、幼い頃に見た――と思い込んでいるだけかもしれない、幻のローランドの涙が蘇る。

「確かに、マダムが亡くなった際にもローランド様は酷く落ち込まれていました。でもそれ以上に、あの方が哀しい思いをされたのは、愛する人を失ったときだと、つい先日、聞いたものですから」

「聞いた？　ローランドに？」

問い返してくる涼也にアーサーは首を横に振ってみせる。

「あの方は私には、己の心の傷のことなど、話してくれはしません」

「アーサー……」

ようやく『さん』づけをやめてくれた涼也が呼びかけてきたその違和感からアーサーは我に返り、一体何を言っているんだか、と自嘲すると再度首を横に振った。

「……すみません、忘れてください」

「詮索をする気はないんだ。なんていうのか……僕にできることはないだろうかと、そう思ってる。余計なお世話だということは重々承知しているんだが、それでも……うーん、上手く言えないな……」

どう言えば伝わるのか、と必死で言葉を探している涼也を前にし、アーサーはまたも思わず笑ってしまった。

「面白いことを仰いますね。私はあなたに何もしてほしいとは思っていませんよ」

「わかってる。わかっているんだけど……」

それでも、と必死で訴えかけてくる涼也の姿に、アーサーは『ほだされる』としかいいようのない思いを抱いた。

本当にかなわない。苦笑する彼の口から、ぽろりと言うはずのなかった言葉が零れ落ちる。

「あの方はかつて、愛する人の死を目の当たりにされたそうです。それを聞いてしまってはもう、あなたの死を願うことなどできなくなってしまった」

「愛する人の……死を？」

眉を顰め、問いかけてくる涼也は、すべてを話さないと問いを重ねてきそうである。ローランドの過去を彼本人の承諾を得ないまま語るのは気が引けたが、もしやこの話を聞いたことで彼の気持ちも動くのでは、という思いに背を押され、アーサーは話を始めていた。

「はい。まだローランド様が『Blue Rose』としての活動をなさる前のことだそうです。ローランド様のお父上が陰謀に巻き込まれた話は既にご存じですよね？」

「うん。『現代の青髭』の汚名を彼の失脚を願う貴族に着せられ、自殺されたんだったよね……」

痛ましげな顔になった涼也にアーサーは「そのとおりです」と頷き、話を続けた。

「主謀者はウォーレス卿という男爵でした。彼への復讐を果たすべく身辺を探っていたローランド様は虐待されていた使用人の一人と出会ったのです。『ユキ』という名の、東洋人の若者だったそうです」

「東洋人の……」

呟く涼也にアーサーは「はい」と頷き、続きを話し始めた。

「ユキは主からも、他の使用人からも虐待に近い扱いを受けていたことがわかり、ローランド様はなんとか彼を救い出そうとされました。でも……ユキという若者はただの使用人ではなかったのです」

「ただの使用人ではないって？」

意味がわからない、と問いかけてくる涼也の黒い瞳に、幻の『ユキ』の瞳が重なる。二人の容貌には似通ったところがあると言っていたナダルの言葉を思い起こしながら、アーサーは問いに答えるべく口を開いた。

「ユキというのはウォーレス卿の落とし胤《だね》だったそうです」

「落とし胤……息子？　なのに使用人だったのか？」

不思議そうに問いかけてきた涼也に、

「母親が東洋人の使用人だったんですよ」

とアーサーは告げると、『ユキ』の境遇を簡単に説明した。

「認知はされていなかったとのことでした。ウォーレス卿の息子たちは同じ血が繋がっていることが許せないと彼を苛《いじ》め抜き、性的虐待すら加えていたそうです。それを知ったローランド様はユキを救い出そうとしました。ユキもまたローランド様の手を取ろうとしていた……でもそれは実は、ローランド様の復讐心を見抜いていた、ウォーレス卿の策略だったのです」

「……え……？」

涼也が痛ましげな顔になる。そう、本当に痛ましい話なのだ、とアーサーは頷き、結末まで一気に話し出した。

「裏をかかれたのです。ウォーレス卿はローランド様をユキを使っておびき出し、殺そうとしました。ユキは父親の愛に飢えていましたから、途中までは父親に言われるがままに動いていたのです。彼が父親の目的に――ローランド様の命を奪うということに気づいたのは、父親が彼を人質にローランド様を殺そうとしたときだったのですが、察した瞬間、ユキは自ら命を絶ちました。ナイフで自身の頸動脈《けいどうみゃく》をかききったそうです。ローランド様の目の前で……」

「…………」

涼也は声を失っていた。自分もナダルからこの話を聞いたときには何を言うこともできなかった、とアーサーは一人頷くと、自身の思いを語り始めた。

「私は当時、ローランド様に拾われたばかりで、その記憶はあまりないのです。ただ、ローランド様が白い墓標を前に涙を流しているところを遠目にしただけでした。でも……それだけでも私には、耐えがたかった。もう、ローランド様の涙は見たくない。だからこそ、私はあなたを連れて帰ります。ローランド様の待つ『楽園』に」

「…………なんだか、わかった気がする」

ぽつり、と涼也が呟き、苦笑というに相応しい笑みを浮かべる。

「ずっとわからなかったんだ。なぜ、ローランドは僕を『花嫁』に選んだのかと。でももし、『ユキ』の身代わりとしてならわかる。彼が幸せにしたいのは僕じゃなくて、『ユキ』なんだな、と……」

心底納得したように続ける涼也の言葉を聞き、そうであったらどれだけいいか、と思いながらもアーサーは首を横に振ってみせた。

「わかりませんよ。身代わりではなく、純粋にあなたに惹かれているのかもしれない。それはローランド様本人に確認しないかぎり、わかりません」

どちらにせよ、今、ローランドの心にいるのはあなたなのだから。つらいがそれが事実であることは認めざるを得ない、と心の中で呟くアーサーに、どうやらむきになったらしい涼也が身を乗り出してくる。

「わかるよ。僕は身代わりだ」

「わかりませんよ。あなた自身の魅力にあてられたとも考えられます」

「……いやあ、それは……」

ないと思う、と涼也が首を傾げる。

「あり得ます。私も今、あなたの魅力に参ってしまっているところです」

「冗談はやめてくれ」

途端に嫌な顔になった涼也を見て、アーサーは思わず噴き出してしまった。

「冗談ではありません。あなたの真っ直ぐな心には惹かれるものを感じます」

「お世辞はいいよ」

ますます嫌そうな顔になる涼也に、

「世辞ではありません」

と笑って首を横に振る。

「……それは嬉しいけど、でもローランドに限っては、なんというか……僕に対しては最初から『愛情』ありきだった、という気がするんだ」

涼也が考え考え、話し出す。

「だからこそ、今、納得している。『ユキ』の写真を探すことを勧めるよ。きっと僕に似ているに違いない」

「……あなたは……」

それでいいのか、とアーサーは涼也に問おうとし、聞くまでもないか、と気づいて溜め息を漏らした。

「……いいんですよね。あなたにはもう、運命の人がいる」

「そういうわけじゃない。ただ僕は、不幸に陥る人間がいないほうがいいと思うだけで」

「私は……あなたになりたかった……」

涼也の言葉を聞き、思わずそう漏らしてしまったアーサーは、何を言っているんだか、と苦笑し首を横に振った。

「すみません、嘘です」

「……嘘……じゃないよね？」

問うてくる涼也に、再び、嘘です、と答えようとしたアーサーの耳に、遠く車のエンジン音が聞こえてくる。

この音は——身構えたアーサーに対し、涼也が申し訳なさそうな顔になり頭を下げた。

「悪い。僕の歯に、ＧＰＳが仕込んであるんだ」

「歯、ですか」

そこまでは調べられなかった、と呟いたアーサーは既に、この別荘を脱出することを諦めていた。

やがて彼の耳に、パトカーのサイレン音が響いてくる。

「最初から無駄だと教えてくれてもよかったのですよ」

もう、どうにでもなれだ。苦笑するアーサーの頭にあったのは、自分が捨て駒になるしかないか、という思いだった。


アーサーは逮捕され、すぐさま取り調べを受けることとなった。

「何も喋る気はありません」

アーサーは取り調べ当初からそう宣言し、実際一言も喋ることはなかった。

「ローランドは国外に逃亡した。どうやらお前は見捨てられたらしいな」

キースが挑発してくるのを無視し、石のように黙り込んでいたアーサーの胸には、ローランドは決して自分を見捨てまいという確信があった。

しかしそれは『家族』だからという理由である。自分が想うようには想われないのだという諦観に彼は襲われていたのだが、そうなるに至ったのはローランドの愛する涼也の魅力に、あの山荘での彼との対話で打ちのめされていたからだった。

かなわない。その一言に尽きた。容姿は確かに美しいと思っていたが、実際話をしてみて、彼の人間性にアーサーは惹かれずにはいられなかった。

ああも魅力のある相手だからこそ、ローランドは夢中になっているのだ。この先もローランドの目は決して自分に向くことはあるまい。

涼也に対するローランドの恋が報われるか否かはわからないが、少なくとも自分の恋はかなうことがないと思い知らされたアーサーは、彼自身、気づいていなかったが、半ば自暴自棄となっていた。

逮捕された翌日、拘置所に現れたキースが思いもかけない言葉をアーサーに告げた。

「証拠不充分で釈放だ」

「は？」

何を言っているのだ、と眉を顰める彼の前でキースが扉を開ける。

「どうした。釈放だぞ」

「……何を考えているんです？」

外側に大きく格子の扉を開かれたが、何か策略があるとしか思えず、アーサーは中に留まったまま、キースを睨んだ。

「別に。勾留しておくのに充分な証拠が揃わなかったというだけだ。ああ、居場所だけは知らせておけよ。それから国外には出ることはできないからな」

キースは淡々とそう言うと、出ろ、と顎《あご》をしゃくってみせた。

「…………」

罠だな。

考えるまでもなく、とアーサーは心の中で呟くと、目を伏せることでキースから視線を逸らし、俯いたまま独房を出た。

出口まで案内してくれたのはキースではなく、制服の警官だった。英語が苦手なのか、アーサーとできるだけ目を合わせないようにしている。

拘置所を出る際、彼がたどたどしい英語で、宿泊先をあきらかにするようにと用紙を差し出してきた。頭に浮かんだホテル名が『帝国ホテル』だったのでそれを漢字で書くと、若い警官は鳩が豆鉄砲を食ったような顔になったあと用紙とアーサーの顔を代わる代わるに見つめてきて、アーサーは思わず笑ってしまったのだが、こんなことで意趣返しをしている場合か、とすぐに口元を引き締めると、若い警官に一礼し、建物を出たのだった。

歩き始めると同時に、尾行がついていることに気づく。キースの狙いは自分を泳がせ、仲間との接触を図らせるというものだろうとアーサーにはわかっていた。

国外には出るなと言われたが、敢えてそう釘を刺したことで、日本を出てローランドのいる場所に――彼の『楽園』に自分を向かわせるという作戦だということもわかっていたアーサーは、まずは尾行を撒き、潜伏先を考えることにした。

警察官の尾行を撒くことなど、アーサーにとっては赤子の手を捻《ひね》るほどに容易《たやす》かった。まずは人波に紛れることだ、と地下鉄へと向かう。ざっと数えたところ、尾行は六名。舐《な》められたものだなとアーサーは肩を竦めると、切符を買うべく券売機へと向かった。

二度、三度と乗り換え、尾行を次々脱落させていく。

しかしどこへ向かうか、とアーサーは自らの潜伏先を移動しながら考えた。東京を離れたほうがいいか。やはり人口も多く、周囲の人間に対する興味も薄そうな東京のほうが身を隠すのには適しているか。

東京だな。

即座に決断を下すとアーサーは、潜伏するための手段を今度は考え始めた。

多少の現金は持っているが、すぐに底をつくだろう。まずは住居、そして仕事か、と思考を巡らせるアーサーは、長期間の滞在を考えていた。

そして彼はまた、警察からだけでなく、ローランドを始めとする仲間からも身を隠そうと、そう決意していたのだった。

車のエンストという初歩的なミスで逮捕されることになったのを恥じていたのもある。もし、仲間が自分に手を差し伸べてきたところを警察に見つかれば、更に迷惑をかけることにもなる。

自分のミスは自分でカバーしたい。だからこそ、仲間の手は借りたくない。

表面的な理由はそんな『意地』ともいうべきものだったが、正直なところでは、今、ローランドと顔を合わせるのはつらい、という気持ちが働いていたのだった。

当面、この日本で一人で生活する道を考える。一人で生きていくことに対する不安はなかった。いつでもそうできるような訓練は受けている。最難関はそれこそ、ローランドや仲間たちに見つからないようにすることだと苦笑する自分の顔が、地下鉄の窓に映っているのに気づき、アーサーは俯いて自身の顔から目を逸らせた。

外見が目立ち過ぎる。そうだ、髪を切ろうか。

再び顔を上げ、暗い窓ガラスに映る自分の顔を見やったアーサーの脳裏に、ローランドの笑顔が浮かんだ。

『綺麗な髪だ。まるで天使のようだね』

是非伸ばすといい。幼い頃に言われたその言葉が嬉しくて、その日からアーサーは髪を伸ばし始めたのだった。

あまり長いと何をするにも邪魔になるので胸のあたりで切りそろえていたが、ずっとその長さを保っているのはあるときローランドに『似合っている』と言われたためだった、と思い出した自分の口元が自嘲の笑みで歪む様がガラスに映っている。それを眺めるアーサーの口からは抑えた溜め息が漏れていた。

ローランドが本心から誉めたわけではないということには、当然気づいている。『誉める』という気はなく、単なる思いつきで告げた言葉だったと、聞いたそのときもしっかり理解していたにもかかわらず、頑《かたく》なにこの長さを保っている自分がなんとも滑稽である。

外国人というだけで目立つが、プラチナブロンドの、しかも長髪は更に目立つ。髪は染めたほうがいい。それ以前に切ったほうがいいな、と心の中で呟いたアーサーの胸はそのとき、鈍い痛みを覚えていた。

それからアーサーは数回地下鉄を乗り換えたあと、完全に尾行を撒いたことを確認してから繁華街の一つである六本木に降り立った。

こうして一人潜伏する可能性もありということで、身を隠す場所についてアーサーは既にリサーチ済みだった。

ただその『リサーチ』には『長期間』であることや、また、ローランドの目をも逃れるということは想定されていなかったため、一から探す必要がある、とアーサーは街を彷徨《さまよ》い始めた。

六本木を選んだのは、外国人が多いから、という理由もあった。だが、多くの人間が自分の顔に注目しているのに気づいた彼は、まずは目立たぬように変装せねば、と、巨大な商業施設の中にあるショップに入り、女性ものの服を一式購入してからトイレへと向かい、その服を身につけ女に化けた。

アーサーが女装をするのは初めてではなかった。身長百七十二センチの彼は、人目を欺くのに女に化けることはよくあった。白人女性ではそのくらいの身長がいくらでもいたし、メイクで突出した美貌を平凡なものに変えることは容易かったためである。

街を歩きながらアーサーは、自分が誰にも尾行されておらず、かつ、さほど注目も集めていないと察し、安堵の息を吐いた。

あとは住居と、そして仕事だ。

真っ当な職業につくよりは、多少、闇社会に通じるところで職を探すのが好ましいだろう。それには夜になるのを待ったほうがいいか。

まずは今宵の宿を探すのが先決となる。だが早々に決めれば警察の手が回るに違いない。やはりそれも夜を待つしかないか。

あれこれと思考を働かせているのが『逃避』からだという自覚は、当然アーサーも持ち合わせていた。だが必死で気づかない振りを貫いていた。

ローランドと距離を置こうとしている。それはまるで、全世界でひとりぼっちになってしまったかのようで、不安に身を苛まれそうになる。

だがこの先、孤独を抱き続けていくのだ。自分の選んだ道として。

早く慣れる必要があるな。またも自嘲の笑みを浮かべそうになるのを堪えるアーサーの脳裏にはそのとき、決別する気持ちを固めたものの、決して忘れることなどできないであろうローランドの麗しい笑顔が浮かんでいた。

5

「ローリー、今日はもう、あがっていいわよ」

如月《きさらぎ》なつが物憂げな口調でアーサーに声をかけてくる。

「客足も途絶えたし、昨夜は残業してもらったしね」

にっこり、と微笑むなつの目に、欲情が滲《にじ》んでいる。あわよくば、というのがわかりやすい彼女に対し、アーサーは気づかぬふりを決め込み笑みを返した。

「ありがとうございます。それではあがらせていただきます」

「また明日ね」

なつが少々残念そうな顔をしつつも、笑顔を向けてくる。

「失礼します」

頭を下げ、手早く後片付けをしてカウンターから出る。

アーサーがこの会員制のバーで働き始めて、早二週間が経とうとしていた。証拠不充分を理由に釈放されたその日のうちに彼はこの職場を見つけたのだった。

住居もまた用意してくれるという好条件の上、問われるのは容姿のみ、とは、まさに自分のために用意された仕事だとアーサーは即座に手を上げ、即座に採用された。

当然、本名は名乗らず『ローリー』という偽名を使ったのだが、なぜその名を選んだのかを自覚しつつもアーサーは自身ではその『理由』に気づかぬふりを貫いていた。

店のオーナーが実は海外の要人であるという理由でこのバーはある種の『治外法権』地帯となっている。賭け事は勿論、高級娼婦といわれる女性が『客』である外国人と引き合わされる場所でもあった。

オーナーは日本では最大級と言われる暴力団と手を握り、問題が起こったときの後始末を任せている。そのことにはアーサーも勿論、気づいていたが、あらゆる意味で警察に対し『極秘』を貫いているという部分が気に入り、敢えて懐に飛び込んだ。

もし、法に抵触するような行為を求められたら、すぐにも退く準備はできていた。だが、この店の支配人であるなつが自分を気に入り、防波堤になってくれているために、身の安全は確保されている。

彼女に感謝しつつ、この先国外に逃亡する準備を整えるまでの間、身を隠す場としてアーサーはできるだけ目立たぬようにということを心がけながら日々、カウンターの内側でシェイカーを振っているのだった。

バーを出て、すぐ裏のビル内にある住居に戻るとアーサーは、制服であるタキシードを脱ぎ、部屋着へと着替えてから顔を洗いにいった。

仕事中、アーサーは敢えてメイクをしていた。素顔を隠したいという意図のもと、濃い化粧を施している。

顔を洗い終え、鏡を見やるアーサーの目には、違和感があるとしかいいようのない己の姿が映っていた。

それは――髪型だった。アーサーの髪は短く切られ、黒く染められていた。その上で額を出したオールバックの髪型を今、彼はしているのだった。

髪を切ったのもまた、警察署から釈放されたその日だった。就職先が決まると同時に宿泊先も決まったアーサーは、初日の勤務につくより前に自分で髪を切った。

鏡の前、鋏《はさみ》を手に自身の顔を映していたアーサーの脳裏に、最初に浮かんだのはローランドの笑顔だった。

『お前の髪は美しいね、アーサー』

幼い頃も、そして今も、ローランドはよく、アーサーの髪を誉めてくれた。

『日の光の下で見るとキラキラと輝いて見える。天使のようだね』

賞賛の言葉は嬉しかったが、それ以上にアーサーの胸をときめかせたのは、言いながらローランドが髪を梳いてくれる、その指の優しさだった。

『ほら、こうしているとますますキラキラ輝いてみえる』

梳いてくれたあと、さらさらと指の間から滑らせる。キラキラと輝いているのはローランドの

美しい金髪のほうだとアーサーが何度指摘しても、ローランドはにっこりと微笑み、

『お前の髪は美しいよ』

と髪を梳いてくれるのだった。

ローランドがそうも自分の髪を誉めてくれる、そのきっかけについては思い当たることがある。

ローランドに引き取られたばかりの頃、アーサーは自己卑下の激しい子供だった。

母は息子を育てるために真っ当とは言えない夜の商売をしており、そのために母子共々、世間からは白い目で見られてきた。

学校でも親から聞いているのだろう、同級生たちはアーサーに対し『汚らわしい』という言葉をぶつけてくるばかりで、一人として心の通い合う友人などできはしなかった。

そんな境遇であったからか、アーサーはローランドらと行動を共にするようになってからも、よく『僕なんか』という言葉を口にした。

虐《しいた》げられていた過去のせいもあるが、ローランドが輝くばかりの美貌の持ち主だったというのもまた、多少影響していたといえる。

ローランドを始め、ナダルや他の仲間たちがアーサーのことを『可愛い』『いい子だ』と誉めることはよくあったが、誉められる度に『僕なんか』と自己卑下するアーサーに対し、ある日ローランドが注意をしたことがあった。

『「僕なんか」と言うのはやめなさい、アーサー。我々は実際に感じたことしかお前には言わな

いよ。それを否定するというのは我々の言葉を信じていないというのと同じ意味になるのだからね』

可愛いと思ったから可愛いというのだ。いい子だと感じたから誉めるのだ。仮にお前が逆の立場だったらどう思う？　哀しくはないか？　と言葉を重ねられ、幼いアーサーはどうしたらいいのかわからず、思わず泣き出してしまったのだった。

『悪かった。ただ、私たちはね、私たちがお前を好きなように、お前にも自分を好きでいてほしいんだ』

だからもう二度と『僕なんか』という言葉は口にしないでほしい。優しく頭を撫でられながらローランドに言われたその日のことを思い出すアーサーの目に涙が滲んできてしまっている、そのさまが目の前の鏡に映っていた。

おそらく、ローランドも仲間たちも、アーサーが自己卑下をする理由は察していたに違いない。それだけに劣等感を払拭しようとしてくれたのだろう。

その日からローランドも、そしてナダルやトリスタンも、それまで以上にアーサーに対し、賛辞の言葉を口にするようになった。

そのたびにアーサーは『そんなことはない』と首を横に振ることなく『ありがとうございます』と礼を言うのを心がけ、彼らの気遣いに応えるよう努めた。

ローランドはアーサーの行動だけでなく、容姿もよく誉めてくれた。髪を誉めてくれたのもその一環で、特に深い意味はない。

それでもローランドの賞賛を得ていた髪を切るのには、気力を奮い起こさねばならなかった。彼の賞賛を本気にし、うじうじと悩むのは馬鹿げている。長髪は目立つのだから短く切るのは当たり前だ。迷うまでもないだろう。

自身にいくらそう言い聞かせても、実際髪を切るときにはやはり、かなりの覚悟がいった。髪を染めることに関しては、少しの躊躇いもなかった。だが、髪に鋏を入れるのは幾度も決意を新たにせねばならなかった。

髪を切る、という行為にアーサーはどうしても、ローランドとの『決別』を重ねてしまっていた。

ローランドや仲間たちから、自ら身を隠しているのである。まさに自分から背を向けているというのに、それでも尚、髪を切るのを躊躇ってしまっている。

そんな自身の心理を、アーサーは正しく分析することはできなかった。それでも最後には覚悟を決め、髪に鋏を入れたのだった。

短い髪の自分を鏡の中に見出したとき、アーサーの目からはやはり自分では理由を分析することができない涙が溢れてきてしまった。

鏡の中、顔を歪め涙を零し続けている自分の姿に対しアーサーは、何を泣いているのだ、と問いかけた。

胸が締め付けられるような思いは『切ない』としかいいようのないものだった。が、すべては自分で下した決断である。切なく思う必要など一つもない。

この先、自分は自分一人の力で、人生を歩んでいくのだ。そもそも人生というものは、自分自身が道を決めるべきものである。遅ればせながら、自分もそれを実践しようとしているのだ。泣く必要などないではないか、といくら自身に言い聞かせても、涙はとまらなかった。

目を閉じると浮かんでくる。ローランドの顔が。

一度たりとて自分を拒絶したことのなかったその優しい風貌を思い起こすだけで泣けてきてしまう。自分の人生においてローランドの存在がどれだけ大きかったかを思い知らされた瞬間だった。

それでも――いくら存在感があろうとも、この先の人生は、一人で歩んでいかねばならないのだ。

ようやくおさまった涙を拭い、真っ直ぐに鏡を――そこに映る短髪の自分を見つめたとき、アーサーは二度とローランドのもとには戻るまい、と彼と決別する意思を固めることができたのだった。

「…………」

鏡を前にするといつも、髪を切ったときのことを思い出してしまう。いい加減、慣れねばな、と溜め息を漏らすとアーサーは、これからのことを考え始めた。

生活の余裕ができたら身分証明書を偽造し、国外へと発つ。行き先は決めていなかったが、生活したことのある場所が好ましいと思うときもあるし、まったく馴染みのない土地に行くのもまたいいかと考える日もあった。

どちらにせよ、金と諸々の準備を整えてからだ、とアーサーは鏡の中の黒髪の自分に向かい頷いてみせると情報収集のためにニュース番組の始まったテレビをつけ、その前に座ってモバイルパソコンを立ち上げた。

『Blue Rose』のニュースはまったくマスコミには流れなかった。『ディアーナの真心』が盗難されたか否かということもどうやら報道規制を敷かれているらしくメディアには明かされていない。

逮捕のニュースも流れていないので、おそらくローランドを始め仲間たちは無事に国外に脱出したと思われる。ただ警視庁もＩＣＰＯも逮捕を諦めたわけではないだろうから、彼らが今、唯一国内に残っている自分の身柄を拘束しようと日々動いているに違いないという確信をアーサーは抱いていた。

パソコンで警察関係の裏情報をＵＰしているサイトをいくつか回ったあと、自身でプログラムを組んだアプリを立ち上げ、警察無線の傍受を始めた。

自分に関することは今日も聞こえてこないことに安堵し、パソコンを閉じる。

テレビ画面は今、スポーツニュースへと切り替わっていた。興味もないのでスイッチを消し、ごろり、とベッドに横たわる。

なつが用意してくれた部屋は、家具付きの1Kだった。ユニットバスもついている。広くはなかったが寝に帰るだけには充分の部屋だった。夕食はまかないが出るので、朝と昼を自分で用意する必要があるが、アーサーは大概をコンビニで買ってすませていた。

彼の料理の腕は相当なものではあるのだが、どうにもキッチンに立つ気にはなれなかった。

自分一人のために料理をしたことが実は彼にはないのだった。普段は料理人が皆の食事を作っていたが、たまにアーサーが厨房に立つことがあった。

それはローランドがアーサーの作る料理を所望したときで、料理人たちに休養を与えるためであることはわかっていたが、嘘でもローランドが自分の手料理を所望してくれるのを嬉しく思ったものだった。

キッチンに立つとそうしたことを思い出してしまう。それでアーサーは敢えて料理をしないようにしていたのだが、そんな自分の行為が、ローランドへの『決別』とは矛盾しているという事実には敢えて背を向けていた。

寝る前にシャワーを浴びよう。ベッドから起き上がったアーサーの耳に、携帯の着信音が響く。

「？」

なつからだ、と音でわかったアーサーは、何事か、と訝りつつ応対に出た。

「はい」

『ごめんなさい、ローリー。実はあなたに会いたいという人が来ているの』

「誰です？」

電話に向かい問いかけながらアーサーは、その人物について可能性は二つある、と緊張を新たにした。

一つは警察。もう一つは仲間――果たしてどちらなのか、と思いつつ問い返したアーサーだったが、なつは答えを与えてはくれなかった。

『名乗らないのよ。綺麗な人だわ。悪人ではなさそう。どうする？　明日また、出直してもらう？』

「……いや、これから戻ります」

『綺麗な人』と聞いた瞬間、己の鼓動が跳ね上がるのをアーサーは抑えることができなかった。

まさか――まさか、ローランドが？

アーサーの知る中で一番『綺麗』という描写が相応しいのはローランドであるため、真っ先に彼の顔が浮かんだ。

それで即答したのだが、再びタキシードを着込んでいるうちにアーサーは、もしも現れたのがローランドだとしたら、『綺麗』などという平凡な言葉では表現されないだろうと思うようになった。

『美しい金髪の』

『青い瞳が魅力的だった』

『王子様みたいな』

なつならそのくらいの表現を思いつくだろう。期待するだけ馬鹿を見る。己にそう言い聞かせながらもアーサーは、胸に期待感が膨らんでくるのを抑えることができずにいた。

自分を訪ねてくる人間の心当たりは、それこそ警察か、またはローランドら、仲間以外には思いつかない。バーテンダーの仕事をしている最中、何度となく声をかけられたがすげなく断っているし、なつもまたそれを容認していた。

なので客の一人ということはないと思うのだが。一体誰なのか、と逸《はや》る気持ちを抑えきれないあまり、メイクはせずそのまま店へと戻ったアーサーは、なつの隣、カウンターに座っていた男の姿を見て思わず落胆の溜め息を漏らした。

「ローリー、悪いわね」

声をかけてきたなつに対し「いいえ」と笑顔を向けたあとに、自分を訪ねてきたという『綺麗な男』へと視線を移す。

「……どうも」

幾分緊張した面持ちでアーサーに声をかけてきたのは――涼也だった。

「どうも」

にっこり、と愛想笑いを浮かべたあと、アーサーは涼也を見つめ口を開いた。

「よくここがわかりましたね」

「探したよ。二週間もかかってしまった」

涼也が肩を竦め、じっとアーサーを見つめ返す。

「…………」

逮捕をするつもりで来たのか、とアーサーは問おうとしたが、そうと察したらしい涼也が先回りをし、答えを与えた。

「今日は客として来たんだ。そもそもこの店は特殊すぎるしね」

「……まあ、治外法権といっていいですしね」

肩を竦め返したアーサーに、涼也が苦笑してみせる。

「そのとおり。だから今日は話をしに来たんだ。二人で話せるかな？」

「私は失礼するわね」

店内に客は誰もいない。それでなつは気を利かせ、先に帰ると言ってくれたようだった。

「すみません」

詫びたアーサーになつが「いいのよ」と微笑む。

「ワケアリなんでしょう？　何か困ったことになったら、三枝《さえぐさ》さんに連絡なさいな」

暴力団の若頭の名を告げたあとなつは、

「失礼します」

と涼也に会釈し、店を出ていった。

「…………」

「…………」

店内で二人きりになったアーサーと涼也は、互いに顔を見合わせたあと、十秒ほど黙り込んだ。

「……髪、切ったんだ」

最初に口を開いたのは涼也のほうだった。

「ええ、警察の目を逃れるために」

淡々と答えるとアーサーは涼也から目を逸らし、カウンターの内側へと視線をやった。

「何か飲みますか？」

「ああ、そうか。客を名乗るのなら頼まないと」

慌てた様子になる涼也を見て、アーサーは噴き出しそうになり俯いた。

「え？」

何を笑われているのかわからない、と涼也が目を見開く。

「いや、相変わらず真面目だなと思って」

苦笑しつつアーサーはカウンター内に入ると、目に付いたところにある中で一番高いコニャックを手に取り、涼也を振り返った。

「ストレートでよろしいですか？」

「いや、そんな高いのは困る。払えないよ」

またも慌てた様子となる涼也の真面目さが可笑《おか》しくて、アーサーはくすりと笑いを漏らすと、

「奢《おご》ります」

と頷き、グラスを出した。

「あの、悪いけど、奢ってもらえるならビールにしてほしい。スーパードライ希望で」

コニャックの栓を開けかけたアーサーに、涼也が身を乗り出し声をかけてくる。警察官としては高級な酒を奢られるわけにはいかないということか、と納得しつつもアーサーは、ついからかってみたくなり、敢えて作った淡々とした口調で言葉を続けた。

「承知しました。この店では日本のビールが一番高価なんですが」

「えっ！」

まさか、と絶句したものの、涼也はすぐにアーサーの嘘に気づいたらしかった。

「からかわないでほしい。もう、水でいいよ」

「そう言わずに」

カウンターの下にある冷蔵庫を開け、リクエスト通りのビールを取り出すとアーサーは素早く栓を抜き、グラスに中身を注いだ。

「一緒に飲もう」

涼也に言われ、自分のグラスも用意してそこに注《つ》ぐ。

「乾杯」

涼也がグラスを取り上げ、アーサーに捧げてみせる。

「乾杯……というより『完敗』ですね。また身を隠す場所を探さねばならなくなる」

アーサーは肩を竦めてそう言うと、それでもグラスを涼也に向かい捧げてみせた。

二人して一口二口飲んだあと、ほぼ同時にカウンターにグラスを下ろす。

「……それで？」

逮捕しに来たのではないと、先ほど涼也は言った。それなら何をしに来たのか。会話の口火を切ったのはアーサーだった。

「……君はここでは『ローリー』と名乗っているんだね」

来店の目的を問うたというのに、涼也が告げたのは、アーサーがあまり触れられたくない話題だった。

「女々しいと呆れました？」

自嘲し、問い返したあとにアーサーはグラスを手にとりビールを一気に呷《あお》った。

「そうじゃない。ただ、まだ君が日本にいることに対しては驚いているんだ。とうの昔に仲間のもとに戻ったと思っていたから」

「戻るも何も、国外に出ることはできませんから」

新たにビールを注ぐ、そのグラスを見つめることで、敢えて涼也から目を逸らしながらアーサーは言葉を続けた。

「君や君の仲間なら、国外逃亡など容易だろうに」

涼也もまたグラスへと口をつけたあとにそう言い、じっとアーサーを見つめてきた。

「いいんですか？　警察がそんなことを言って」

揶揄に持っていこうとしたアーサーの意図は、涼也には容易く見抜かれてしまった。

「君が身を隠しているのは我々警察からだけか？　もしやローランドたちにも見つからないように心がけているんじゃないのか？」

真摯な視線を向け、問いかけてきた涼也を暫し見つめたあと、アーサーは首を横に振り、俯いたまま話し出した。

「迷惑をかけたくないのです。警察は私を囮《おとり》に仲間を捕まえる気なのでしょう？　ですからできるかぎり接触しないよう、心がけているのですよ」

すらすらと言葉が口から放たれる。決して嘘ではない。だが真実も語っていない。実際アーサーは準備を終えたら一人、国外へと出ようとしていた。

ローランドたちと合流する気はさらさらない。この先一人で生きていこうと思っていたが、こうして涼也に見つかってしまった今となっては、それも叶いそうにない。

プライベートで来たと言ったが、真実であるわけがないと思う。だが、このあと逮捕されなかったら、今夜のうちにここを出よう。次は関西でも目指すのがいいかもしれない。大阪や神戸なら外国人もたくさんいるだろうから、身を隠すにも適しているだろう。

涼也のグラスにビールを注ぎ足してやりながら、アーサーはそんなことを考えていたのだが涼也に、

「本当に？」

と問い返されたときにはつい、顔を上げてしまっていた。

「嘘などついていませんよ」

どき、と微かに鼓動が高鳴る。動揺する必要などない。完全なる『嘘』ではないのだから、と涼也を真っ直ぐに見つめてからアーサーは、にこ、と微笑んでみせた。

「案じたとおり、こうしてあなたに――警察に見つかってしまっているわけですし」

そんなアーサーから涼也は暫くの間目を背けずにいたが、やがて小さく溜め息を漏らすと目を伏せ、スーツの内ポケットへと手を入れようとした。

「…………」

拳銃でも出す気か。それとも手錠か。一瞬身構えたアーサーだったが、涼也がポケットから取り出したのは一通の封筒だった。

「先日、あなたから聞いた話をもとに、探したんだ。僕一人の力では探しきれなかったのでキースの力も借りている……が、我々二人以外に、調査の意図を知っている人間はいない。それは信じてほしい」

言いながら涼也がその封筒をすっとアーサーへと差し出してきた。

「なんです?」

カードが入るくらいのサイズの封筒に宛名はない。どうやら見せたいのは中身らしいが、何が入っているというのか、と眉を顰め問いかけたアーサーは、返ってきた涼也の答えに愕然《がくぜん》としたあまり声を失ってしまった。

「『ユキ』の写真だ」

「な……っ」

絶句するアーサーに尚も封筒を突きつけるようにし、涼也が言葉を続ける。

「余計なお世話だということは誰より僕自身が一番、わかっている。でも、探さないではいられなかったんだ。これを見れば君もわかるはずだ。ローランドがなぜ、僕を『花嫁』にしようとしているかが」

「………愛して……いらっしゃるからです」

それ以外の理由はない。目を伏せたアーサーの視界の隅に、白い封筒がどう目を逸らせようとも入り込んでくる。

「まずは見てくれ。その上で自分で判断を下せばいい。僕は判断を下した。君もそうすればいいよ」

涼也はそう言うとスツールから降り、アーサーに右手を差し伸べてきた。

「おそらく君は今日にも姿を消すだろう。次に会うときには手錠を持ってくる」

「…………涼也さん……」

思わず名を呼んだアーサーに涼也は、

「涼也でいいよ」

お互い様だ、と微笑むと、握手のために差し出した手を引っ込め、踵《きびす》を返した。

そのまま真っ直ぐ出口へと向かう彼の後ろ姿をアーサーはじっと目で追ってしまった。が、涼也は一度も振り向くことなく店を出ていき、店内にはアーサー一人が残されることとなった。

封筒を見つめ、すぐに目を逸らす。

『ユキ』の——ローランドにとっては極力触れられたくないであろう過去の話を涼也にしてしまったことを、今、アーサーはこの上なく悔いていた。

おかげでキースにまですべてを知られることとなってしまった。ローランドに対し、顔向けができない、と溜め息を漏らすアーサーの手は、どうしても封筒には伸びなかった。

見たい気持ちは当然ある。だが、見てはならない気がした。ローランドは知られることを嬉しくは思うまい。それがわかっているだけにアーサーはようやく手を伸ばし、封筒を取り上げると、中を開くことなく破り捨てようとした。

ちょうどそのとき、店のドアが開く音がし、まさか客か、とアーサーは視線を店の入口へと向けた。

既になつの手により『Closed』の札は出ているはずである。となると涼也が引き返してきたのか、と思いつつ見やった先で、ドアがゆっくり開いていく。

「……っ」

店内に入ってきたのは、涼也でもなければ、『客』でもなかった。

まさか――現れることをまったく予測していなかったその人物の顔に、アーサーの目が釘付けになる。

「やあ」

にっこりと微笑み、片手を上げてきたのは――アーサーがあれほどに会いたいと恋い焦がれていながらも、二度と会うまいと心に決めていた彼の主、ローランド・モリエール、その人だった。

6

「……ローランド……様」

なぜここに彼が。無事に自分の『楽園』に戻っているはずであるのに。今、アーサーは最上級といってもいいくらいの動揺のただ中にいた。

「探したよ、アーサー。お前が昔からかくれんぼが上手《うま》かったことを忘れていた」

輝くばかりの笑みを浮かべながらローランドはそう言うと、すっとアーサーに向かい手を差し伸べてきた。

「さあ、帰ろう。皆、心配している。この二週間というもの、生きた心地がしなかった」

「過分な……過分すぎるお言葉です。僕などにそのような……」

『生きた心地がしなかった』などと言ってもらえるような価値が自分にあるはずはない。それで否定してみせたアーサーに対し、ローランドは心持ちむっとした表情となり首を横に振った。

「『僕など』は禁止したはずだよ。子供の頃にね」

「……申し訳ありません」

項垂《うなだ》れ、更に頭を下げる。久々に叱られた、と顔を伏せたアーサーの耳に、どこまでも優しいローランドの声が響いてきた。

「さあ、帰ろう。既に出国の準備は整っている。お前が旅立ちの挨拶をしたいような相手がいるのなら話は別だが、特にいないというのならこのまま日本を出ようじゃないか」

ローランドはそう言うと、少し焦《じ》れたような顔になり、更に手を伸ばして強引にアーサーの手を握り締めてきた。

「どうした？　アーサー。何を躊躇《ためら》っている？」

「……ローランド様……」

ひんやりとしたローランドの指の感触。トリスタンの手も冷たかったが、ローランドの手はそれ以上に冷たい。心の温かな人は手が冷たいというのは本当なのだな、とその手に触れるたびにアーサーは思ったものだった。

すべらかな肌が心地よい。ぎゅっと手を握られた、それだけで胸が詰まり、泣いてしまいそうになるため、アーサーはローランドの名を呼んだきり唇を嚙《か》み俯《うつむ》いてしまった。

「アーサー」

ローランドがそんな彼の顔を覗《のぞ》き込み、尚も強く手を握り締めてくる。

「一体何を躊躇っているんだ？　逮捕されたことに責任を感じているのなら、その必要は一切ない。『ディアーナの真心』は無事に入手できたし、リョーヤをさらうのだってこの先いくらでも機会はあるのだからね」

「……っ」

今にも涙が零《こぼ》れ落ちそうになっていたアーサーだったが、ローランドが涼也《りょうや》の名を出したその瞬間、胸に差し込むような痛みを覚え、気づいたときにはローランドの手を振り払ってしまっていた。

「アーサー？」

今までアーサーは、ローランドに対し、否定的な言葉を口にしたことすらなかった。その彼が初めて自分を拒絶したことに、ローランドは怒りよりも戸惑いを覚えたらしい。

「一体どうしたというんだ？　なぜ黙っている？」

問いかけてくる彼に、何か答えねばと思うも、正直、何を言ったらいいのかがわからず、口を閉ざすしかなかったアーサーの手を再びローランドが取り、尚も訴えかけてくる。

「話はあとだ。ひとまずここを出よう。我々の楽園に戻ろうじゃないか。皆、お前の帰りを待っているよ」

さあ、とローランドがアーサーの手を引く。

『我々の楽園』――違うじゃないか、とアーサーは首を横に振り、再びローランドの手を振り払った。

「……っ」

ローランドが心底驚いた様子で目を見開いている。

『ごめんなさい』

最初にアーサーの頭に浮かんだのは謝罪の言葉だった。

ローランドを失望させたくはなかった。だが、最早アーサーは諸々のことに耐えられなくなってしまっていた。

コップの水がいつしかいっぱいになってしまった、という感覚に近い。今までは耐えられていたあらゆることが最早、我慢できない状態となっている。

もうアーサーはローランドの口から涼也の名を聞くことに、耐えられなくなっていたのだった。

だからといって、伸ばされた手を払い退けるというのは、失礼すぎる行動である。それで詫びようとしたアーサーに対し、ローランドは気を取り直した様子となると、笑顔で再び同じ言葉を繰り返した。

「我々の楽園に帰ろう。一緒に」

我々の楽園——そうであればどれだけよかったか。だが、違う。あの楽園は少なくとも自分の楽園ではない、とアーサーは首を横に振った。

「……あそこは……あなたの楽園です」

「アーサー？」

ローランドはアーサーが何を考えているか、まるでわからないようだった。だがそれは彼が傲慢であるからではない。ローランドにとっての自分が『家族』以外の何ものでもないからだとわかるだけに、アーサーの胸の中で、やりきれない思いはみるみるうちに膨らんでいった。

「僕の楽園ではないのです」

ローランドの『楽園』は涼也を花嫁に迎えたときに完成するという。そんな場所はアーサーにとっては『楽園』とは言いがたいものだった。

愛する人が自分以外の人間との生涯の愛を誓い、結ばれる。その姿を日々見せつけられる場所が『楽園』であるはずはない。

ローランドの側《そば》にいられるのなら、『家族』としてでもよしとしよう。そう決意したときもあった。だが実際彼の愛する涼也と触れ合い、その魅力を思い知らされたあとには、耐えがたいという思いのみが残った。

涼也がまだ、容姿だけのつまらない男なら、ローランドは見る目がなかったのだと自分に言い聞かせることで、精神的なバランスを保てたかもしれない。だが涼也はローランドが思いを寄せるに値する、魅力的な男だった。

魅力がありすぎて、ローランドの気持ちに同調しかけたこともある。彼は今、まだローランド以外の男を愛しているが、もしも彼の気持ちがローランドへと移った場合には、素晴らしいと賞賛するしかない花嫁と花婿となることはあきらかだった。

そんな二人の姿を前に自分は『家族』として側にいることができるか。できるわけがない。日々、どす黒い嫉妬という感情に苛《さいな》まれるに違いない。だがそんな醜い心を持っていることは、ローランドだけには知られたくない。

だからこそ、戻れない。アーサーは改めてローランドを真っ直《ます》ぐに見つめると、ゆっくりと首を横に振り、口を開いた。

「僕は、僕の人生をこれから歩んでいきたいのです。僕自身の楽園を探す、そのためにも」

「……アーサー……」

ローランドは傷ついた顔をしていた。彼にそんな顔をさせたいわけではなかった。ただ、自分の醜い心を明かしたくなかった、それだけなのだ。

しかしその思いを遂げるためには、彼ときっぱりと決別するしかないということも、アーサーは理解していた。

「……あなたに拾われ、今日まで育てていただいた。そのことには勿論《もちろん》、感謝をしています」

口から零れ落ちる言葉に、心がこもらない。今まで自分がローランドから受けてきた恩義はこんな簡単な言葉で語れるようなものではないのだ。それでもアーサーの口からは次々と言葉が零れ落ちていった。

「ですが私は、これからは自分の人生を歩みたいのです。すべて自分の意思で行動し、その結果に満足したり反省したりする――すべて自分の責任において、自分自身で判断する、そんな人生を歩んでいきたいのです」

嘘だ。自分ですべてを決めたいなどと一度たりとて望んだことはなかった。アーサーの思考はすべて、ローランド次第だった。

ローランドが満足するよう。ローランドの考えていることが実践できるように準備を整え、それが成功したときにはこの上ないほどの達成感を覚えた。

自分の人生などには少しも興味がない。アーサーが常に考えているのはローランドの人生についてだった。

だが彼がこの先、愛する人との生活を望むのはわかっているのだから、それに耐えられなくなった今、背を向けるしかない。

心を決めるとアーサーは顔を上げ、真っ直ぐにローランドを見つめたあとに、深く頭を下げた。

「恩知らずな奴とお思いでしょう。本当に申し訳ありません。お詫びのしようもありませんが、許してくださいとしか申し上げられません」

謝罪の言葉にはさすがに、心がこもった。今までの恩義に対し言葉にできないほどの感謝の念を抱いているのはアーサーにとって真実だからである。

その恩に背くばかりか、こうしてわざわざ迎えに来てくれたというのに、拒絶をするのだ。本当に申し訳ないと思うだけに、アーサーの胸には熱いものが込み上げ、瞳には涙が滲《にじ》んできてしまった。

「…………」

ローランドは瞳を潤ませているアーサーの顔を暫《しば》しの間、言葉もなくじっと見つめていた。アーサーもまた、ローランドの澄んだ青い瞳を見つめ返す。

「……わかった」

先に目を逸《そ》らせたのはローランドのほうだった。すっと目を伏せ、静かに首を横に振りながら彼は小さく呟《つぶや》くと、再び目を上げアーサーを見た。

「お前を止めることはできないんだね」

そう言い、微笑《ほほえ》んだローランドの笑みは、とても寂しげなもので、愛する主《あるじ》にそんな顔をさせてしまったことへの罪悪感で、アーサーの胸は酷《ひど》く痛んだ。

「……申し訳……」

ありません、と声に出すことはできなかった。嗚咽《おえつ》が彼の喉を塞《ふさ》いだためである。

そんな彼の肩にローランドは、ぽん、と手を乗せてきた。涙に濡《ぬ》れる頬《ほお》を晒《さら》したくなくて顔を上げられないでいたアーサーの耳に、どこまでも優しいローランドの声が響く。

「謝る必要などないよ。お前が選んだ道だ。思うがままに生きなさい」

「……ローランド様……っ」

ぽん、と再び肩を叩いた手が離れていく。どうしようもない寂寥感《せきりょうかん》に襲われ、アーサーは思わず顔を上げてしまった。

「寂しくはあるが、だからといって引き留めるわけにはいかないね」

にっこり、とローランドがアーサーに微笑んでみせる。彼の瞳が潤んでいることに気づいた瞬間、アーサーはカウンターを飛び出し、彼に駆け寄りそうになった。

が、それより一瞬早く、店のドアが荒々しく開いたかと思うと、大勢の人間が店内に雪崩《なだ》れ込んできて、驚いたアーサーはカウンター内で立ち尽くしてしまったのだった。

「動くな、警察だ」

銃を構えるスーツ姿の男たちの背後から現れたのは、キース・北条《ほうじょう》だった。

「やあ」

ローランドがそんなキースに向かい、にっこりと微笑みながら片手を上げる。

「久し振りだね。しかし驚いたな。警察が踏み込めるような場所ではないはずだが」

「『日本の』警察はな。ＩＣＰＯに『治外法権』は通用しない」

むすっとしたまま言い捨てたキースが、ローランドに向かい銃を構える。

「……アーサー」

ローランドが肩越しにアーサーを振り返り、行け、というように目でカウンターの奥を示す。

奥が裏口に繋《つな》がっていることを彼は知っているようだった。

「…………」

しかし、とアーサーが躊躇っていると、ローランドは一瞬厳しい目で彼を睨《にら》んだあと、すぐさま顔をキースへと向け、笑顔で彼に近づいていった。

「動くな、撃つぞ」

キースが険しい顔のままローランドに告げ、部下と思しき周囲の男たちに目配せをする。皆の銃口が一斉にローランドへと向かったその瞬間、ローランドが一言声を発した。

「行け！」

「……っ」

この隙に逃げろ、ということだと察したアーサーはそれでも動けずにいたのだが、その意図を察したらしいキースがアーサーへと視線を向けてきたのに気づいたローランドが、キースへと向かおうとしているのを目の当《ま》たりにしては、指示に従わざるを得なくなった。

「待て、撃つな！」

ローランドの動きを制しようと、銃を構えた男たちが一斉に狙いを定める。キースが大声を上げなければおそらく誰かは発砲していただろうその様を背に、アーサーは裏口へと走り建物の外へと飛び出した。

身を挺して自分を逃がそうとしてくれたローランドの気持ちを無にするわけにはいかない。自分だけでも逃げて、警察の手に落ちたローランドを救い出さねば。

運良く裏口に見張り役の警察官はいなかった。が、背後で「いたぞ」という声が響くのを聞き、アーサーは未《いま》だ、自分が追われる対象であると気づかされたのだった。

路地を駆け抜け、追っ手を撒《ま》こうとする。この辺りの地理には、二週間でかなり詳しくなった。とはいえ、人数ははっきりわからないが追っ手は数名、こちらは一人だ。どこに逃げればいいの

か、と路地を飛び出したアーサーの目の前に、いきなり一台のバイクが彼の動きを遮るようにして停車する。

「……っ」

一瞬アーサーは、追っ手か、と身構えた。が、フルフェイスのヘルメットをつけたまま、バイクの男がアーサーにヘルメットを投げてきながらかけてきたその声を聞き、それが誰かということがわかったのだった。

「乗れ」

「ナダル！」

彼もまた日本に来ていたのか。すぐ背後に追っ手の気配を感じたこともあり、アーサーは急いでヘルメットを被《かぶ》るとタンデムシートに跨《また》がりナダルの身体《からだ》にしがみついた。

「行くぞ」

ナダルがすぐさまバイクを走らせる。

「ナダル！　ローランド様が！　ローランド様が!!」

助けに行かねば、とアーサーはナダルに向かい叫んだが、ナダルは何も言わずにバイクを走らせ続けた。

「ナダル！」

信号を避け、狭い路地を走っている間、アーサーはナダルに声をかけ続けたが、彼が振り返ることはなかった。

やがてバイクは都下の一軒の家の前で停まった。すぐにガレージのシャッターが開き、ナダルはそのままガレージ内へとバイクを進めた。背後でシャッターが閉まる。

ようやくエンジンを切ったナダルと共にバイクを降りながらアーサーは彼の前に回り、ライダースジャケットの上腕を摑《つか》んで彼に問いかけた。

「ナダル、わかっているんだろう？　ローランド様がキースに捕まった。すぐに助けにいかないと……っ」

「…………」

そんなアーサーの手をナダルは摑んで自分の腕から外させると、ゆっくりとフルフェイスのヘルメットを脱いだ。

最初に一言発しただけで、あとは喋《しゃべ》らない上に自分の要請を無視し続けたことでアーサーは、姿形は酷似しているが、もしやナダルの偽者では、と一抹の不安を抱いていた。

ヘルメットの下から現れたのは間違いなくナダルの端整な顔で、よかった、と安堵《あんど》しつつもアーサーは、それならなぜ無視をするのだ、と再びナダルの腕を摑み、罵《ののし》る勢いで彼に問いを発した。

「ナダル、どうして無視するんだ？　さあ、ローランド様を助けに行こう！　ナダル以外、誰がいるの？　仲間も来ているんだろう？」

バイクで乗り付けたこの家は、敷地面積がかなり広そうだった。仲間も相当数、来ているに違いない。それでアーサーはナダルにそう呼びかけたのだが、彼としてはナダルは当然、承諾してくれると思っていた。

普段の彼なら、自分が言い出さずとも自ら動き出しそうなものである。そのことが気になりはしたが、拒絶されるとはアーサーは予想だにしていなかった。

「仲間は来ている。だがローランドの救出には向かわない」

ナダルが短く答え、アーサーの腕を摑んで外させる。

「なぜ!?」

理不尽としか思えないナダルの発言を聞き、アーサーは思わず大声を上げていた。車庫内、コンクリートの壁に彼の声が反響する。

と、そのとき、ガチャ、と扉が開く音と共に、アーサーにとって聞き覚えのありすぎる優しい声音《こわね》が耳に響いてきた。

「アーサー、無事だったのですね」

「トリスタン!」

仲間は来ているとは思った。が、目が不自由なだけではなく、このところ体調が悪かった彼がいるとは考えていなかったアーサーは、駐車場のドアを開いていた彼へと駆け寄っていった。

「アーサー」

トリスタンがアーサーに向かい、両手を広げる。その胸に飛び込み、背中を抱き締め返したアーサーの髪を撫《な》でていたトリスタンの手が止まり、彼が息を呑《の》んだのがわかった。

「切ったんです。変装をするために」

何を言われるより前に、と髪を切った理由を口にする。嘘ではなかったが真実ともいえないその答えを聞き、トリスタンが何かを言おうとしている気配が伝わってきたためアーサーは、

「それより！」

とすぐさま話題を変えた。

「トリスタン、ローランド様が警察に逮捕されたというのに、ナダルは救いに行かないと言うんです。トリスタンからも言ってやってください。拘置所なんてあんな寒々しいところにローランド様を一時でも留まらせたくはない。トリスタンもそう思うでしょう？」

まくしたてながらアーサーは、トリスタンからの『わかりました』という言葉を得るため彼の腕を摑み、身体を揺さぶった。

未だ青ざめた顔をしているように見えるトリスタンの体調は心配だが、彼がこの場にいてくれてよかった。救出作戦をすぐにも立ててもらわねば、となぜか黙り込んでいるトリスタンの身体を一層強い力で揺さぶったアーサーは、次の瞬間、信じがたい言葉を聞いたのだった。

「できません、それは」

「どうして!?」

ナダルばかりかトリスタンにまで断られるとは。怒りよりも驚きが先に立ち、唖然《あぜん》としてしまったアーサーだが、すぐに我に返るとまずトリスタンを、次にナダルを振り返りながら大声で問いを発していった。

「わけがわからない！　なぜ、できないんです？　最初から諦めているわけじゃないですよね？　トリスタンの頭脳とナダルの行動力があれば、ローランド様を警察の手から救い出すなど朝飯前だろうに、なのになぜ、断るんです？　理由を説明してください！」

「ローランド様のお言いつけですので」

「ローランドに言われたんだよ、お前たちは手を出すなと」

トリスタンとナダル、二人同時にほぼ同じ内容の言葉をアーサーに返す。

「えっ？」

興奮していたこともあり、咄嗟《とっさ》に意味を解することができなかったアーサーに向かい、ナダルが吐き捨てるような口調で言葉を続ける。

「だから、ローランドに言われてるんだよ。たとえ自分が逮捕されるようなことになっても、暫くは手を出すなと」

「どうして！」

その理由は、と問うたアーサーにナダルが、

「知るか！」

と語気荒く答える。

「……っ」

このあたりでようやくアーサーは、ナダルがやりきれない表情をしていることに気づき、はっとして口を閉ざした。

「まずは上で話をしましょう」

穏やかな口調でトリスタンがそういい、アーサーの腕を取る。

「トリスタン……」

彼もまた、ナダル同様、ローランドからの指示ゆえ動くことのできないやりきれなさを覚えているのだろう。察したアーサーの口から謝罪の言葉が零れた。

「ごめんなさい……」

「謝る必要などありません。ただ、あなたと話がしたいのです」

行きましょう、とトリスタンが微笑み、アーサーの腕を引いて歩き出す。ナダルが先に立ってドアを開いたそこには、小型のエレベーターがあった。

ナダルがボタンを押し、開いたドアからトリスタンがアーサーと共に乗る。

「俺は階段で行く」

ナダルがそう言うとトリスタンは「わかりました」と頷《うなず》き、アーサーに「三階を押してください」とボタンを押すよう促してきた。

「わかりました」

建物は一階が駐車場になっている三階建てであるようだった。言われたとおりに三階のボタンを押すと扉が閉まり、ウイン、という音と共に箱が上昇していく。

「心配しましたよ」

ぽつり、とトリスタンが呟き、アーサーに見えない目を向けてきた。

「……ごめんなさい……」

素直に謝罪したアーサーに、トリスタンが重ねて声をかけてくる。

「なぜ、姿を隠したのです？　警察の目を誤魔化すためではありませんね？」

「それは……」

アーサーが答えあぐねているうちに、エレベーターは三階に到着し、扉が開いた。そこは広々としたリビングダイニングで、奥はキッチンになっているようである。

「ナダル、何か飲み物をもらえますか？」

先に到着していたナダルにトリスタンが声をかける。

「何がいい？」

ナダルは普段の彼の、余裕のある表情を取り戻していた。

「私は水を。アーサーは何がいいですか？」

「自分で……」

アーサーはナダルにも詫びたいと思っていたため、そう言うとトリスタンをソファに座らせてから、その様子をじっと見つめていたナダルへと歩み寄った。

「ナダル、ごめん」

「何に対する謝罪だ？」

そっけないようでいて、実に愛情のこもった口調でナダルが問いかけてくる。

「……さっきはごめん」

心ない問いかけを散々してしまったことへの謝罪だ、と頭を下げようとしたアーサーの、その頭にぽんと手を置くとナダルは、

「それより前に、謝ることがあるだろう」

そう言い、アーサーの顔を覗き込んできた。

「……心配かけて、ごめん」

勿論、そのことも詫びるつもりだった。深く頭を下げたアーサーの、その頭をぽんぽんと叩くとナダルは、

「俺も水」

そう言って笑い、キッチンを目で示してみせた。

「……わかった」

ナダルもトリスタンも、自分が姿を消そうとした理由について、問おうとしている。この先、

自ら決めた道を歩むのであれば、二人には真の理由を説明せねばなるまい、とアーサーは心を決めた。

キッチンにある大型の冷蔵庫を開け、中からミネラルウォーターのペットボトルを三本取り出してまたリビングへと戻る。

「しかし、見違えた」

ナダルが水を受け取り、キャップを外してからそれをトリスタンへと渡す。

「ありがとう」

トリスタンは受け取ったあと、ナダルに問いを発した。

「アーサーは髪を切ったのですね。もしや染めていますか？」

「よくわかるな。黒に染めてる。正直、似合っていない」

「……ひどいな……」

遠慮のない物言いに、思わず笑ってしまったあと、アーサーはナダルを睨み、彼が飲む用にと再びペットボトルを差し出した。

「実際、似合ってないからな。あれだけ綺麗な髪を、本当に勿体ない」

切ってしまうなんて、とナダルが残念そうな顔になる。

「髪は伸びます」

そんな彼を慰めるようなことを言ってから、トリスタンは改めてアーサーへと顔を向け、

「まずは座って。そして話をしましょう」

と未だ立っている彼にソファを勧めた。

「……はい」

L字形になっているソファの、ナダルとトリスタン、二人の顔が見えるよう、少し離れたところにアーサーは腰を下ろすと、まずは、と頭を下げた。

「……無様にも警察に逮捕されてしまい、申し訳ありませんでした」

「あれはお前のせいじゃない」

「そうです。避けようのない事態でした」

車がエンストさえしなければ起こり得なかったことである。首を横に振ってみせるナダルとトリスタンを前に、アーサーは再び、

「ごめんなさい」

と頭を下げたあと顔を上げ、次なる謝罪の内容を口にした。

「心配かけてごめん。それに、僕のせいでローランド様が警察の手に落ちてしまった。そのことも本当に申し訳ないと思っています」

「なぜ、姿を消そうとしたのです」

エレベーター内で問うてきたのと同じ問いを、トリスタンがアーサーに対し、投げかける。聡明な彼は既に、答えを察しているに違いない。だが、その『答え』が正解である場合のことを案

じ、アーサー本人の口からその『正解』を否定してほしいとの思いで何度も問うてくれているのだろう。

『正解』は即ち、決別を意味する。アーサーは改めてトリスタンを、そしてナダルを見た。

ローランドとこの先違う道を生きるということは、トリスタンやナダルという仲間たちとも二度と会わない、ということである。

幼い頃から側に居続けていた。世話になった、などという簡単な言葉では片付けられないほど、自分の人生の大部分を占めている二人との別れは、こうして本人たちを目の前にするとアーサーにとってつらいものとなった。

だが自分は決断を下したのだ。これ以上、ローランドの側にいるのはよくない。自分自身を嫌いになるし、どす黒い感情をローランドの愛する人に向けてしまうことになろう。そうなればもうナダルにも、そしてトリスタンにも今までどおり『家族』として見てはもらえなくなる。

だからこそ、姿を消そうとした。それを上手く伝えるにはどうしたらいいのか。アーサーは暫し考えたあと、やはり正直に全てを話すしかない、と心を決め、口を開いた。

「……月城《つきしろ》涼也を連れ、逃亡するうちに、彼の魅力に僕はすっかり当てられてしまった。ローランド様に愛されるに相応《ふさわ》しい人だと、思い知らされたんです」

「アーサー……」

赤裸々に語るアーサーに向かい、トリスタンが何かを——おそらくは慰めの言葉を口にしようとする。

「大丈夫。もう、かなり吹っ切れてはいるんです。たくさん泣きはしたけれど」

気を遣わなくていい、とアーサーはそんなトリスタンに微笑みを向け、話を続けた。

「彼にはキースという想い人がいる。それでもローランド様が彼を諦められない理由がわかった気がしました。かなわない。何があろうと僕は彼にはかなわない。この先、涼也の気持ちがキースからローランド様に移るかどうかはわからない。でもローランド様は涼也のことを想い続けるでしょう。そんなローランド様の側に居続けるのはつらいと……。もしもローランド様の思いがかなったあとには楽園で涼也と愛を語らうローランド様を見続けることになる。それに耐えられるかを考えたとき、とても耐えられる気がしなかった。それで僕は逃げたんです。ローランド様とはかかわらないようにしようと……もう二度と、楽園には戻らない、と……」

ナダルが静かな口調で問いを挟んでくる。

「俺たちとも、もう二度と会わないでいいと、そう思ったってことか？」

「…………」

答えにくい。でも答えねばならない。アーサーが口を開こうとするより少し前に、トリスタンが問いを発した。

「アーサー、あなた、『ユキ』の話をナダルから聞いているのですよね」

「え……っ」

いきなり出された『ユキ』の名に、動揺したあまり、アーサーは絶句した。

「それを聞いた上で、決断を下したというのですか」

「はい」

頷いたアーサーに、トリスタンがゆっくりと首を横に振ってみせる。

「月城涼也は確かに、魅力的な人物なのでしょう。ですが、果たしてローランド様が彼に惹かれるその理由が、本人の魅力にのみあるのかとなると、それは違うと私は思います」

「……でも……ローランド様の気持ちは、ローランド様にしかわからない……ですよね」

トリスタンが言いたいのは、涼也は『ユキ』の身代わりではないのか、ということだと察したアーサーもまた、首を横に振り彼を見つめた。

「……さっき、月城涼也にも言われました。自分は『ユキ』の身代わりだと。彼から写真も貰《もら》いました。『ユキ』の……」

言いながらアーサーは、ポケットから涼也に貰った封筒を取り出した。ローランドが店に現れた際、破ろうとしていたそれを咄嗟に彼はポケットに入れていたのだった。

「……見ましたか？」

トリスタンがアーサーに問いかける。

「……見られませんでした……」

正直なところを告げたアーサーの手から、いつの間にか目の前に立っていたナダルが封筒を取り上げる。

「ナダル」

「見ればいい」

ナダルはそう言うと、封筒の中から写真を取り出し、それをアーサーの前に翳《かざ》してみせる。

「見たくは……」

ありません、と視線を逸らせるより前に、古びた写真はアーサーの視界にしっかり入ってしまった。

「……あ……」

そこに映っているのは——涼也だった。

否、涼也にそっくりの若者が、レンズを真っ直ぐに見つめていた。

「瓜二つだ。そうだろう?」

ナダルがちらと写真を見たあと、アーサーに問いかけてくる。

「とはいえ、印象は随分違うがな」

「そうですね。『ユキ』には月城涼也のような意思の強さは感じられません。ただただ愛に飢え、震えていました。そんな彼をローランド様は救おうとなさっていました。ですが彼はローランド様の目の前であのかたへの愛ゆえ、自ら命を絶った。ローランド様の心には未だに、ユキへの贖罪《しょくざい》の気持ちがある。ローランド様が月城涼也に惹かれた理由は、勿論本人の資質にもあったかもしれません。ですがどうにも私には、『ユキ』への贖罪があると思えて仕方がないのです」

切々と訴えかけてくるトリスタンの言葉に縋《すが》りそうになっている自分がいる。実に耳に心地よい言葉だった。

ローランドは涼也を愛しているのではない。ただ、『ユキ』の身代わりとして彼に執着しているだけなのだ。

そうであってほしい。だが、そうと納得するには涼也は魅力的すぎるのだ。アーサーは力なく、首を横に振った。

「……だとしても、ローランド様の気持ちが涼也から動くことはない……『ユキ』の代わりに幸せにしたいと思っているのなら、ことさら……」

自分の思いが受け入れられることはないのだ。溜《た》め息《いき》とともにそう告げ、項垂れたアーサーの肩に、ナダルの手が乗せられる。

「未来など、誰にわかるものでもない」

「わかる未来もあります……おそらく」

目を伏せ、そう告げたアーサーの肩を、ナダルが強く摑む。

「どうしても……行くのか？」

アーサーは目を上げ、ナダルを見やった。ナダルも真っ直ぐにアーサーを見下ろしていたが、彼の目は酷く潤んでいた。

「…………」

続いてアーサーはトリスタンを見やり、彼の顔にこの上ない悲しみが溢《あふ》れているのを目の当たりにし、顔を伏せた。

「…………ごめん……なさい」

二人とは別れがたい。だがそれ以上に、涼也を生涯求め続けるであろうローランドを見続けることへのつらさには耐えがたいものを感じていた。

「…………」

「…………」

頭を下げるアーサーを前にし、ナダルも、そしてトリスタンも、何を言うこともなく、ただアーサーを見つめていた。

「あなたが決めた道を……私たちに止める権利はありませんね」

トリスタンがそう言い、微笑んでみせる。彼の頬が涙に濡れていることに気づいたアーサーの胸は酷く痛んだ。が、これだけはかなえてほしいという思いのもと、彼に向かい強く訴えかける。

「僕はこのまま姿を消すけれど、でも……でも、ローランド様を一刻も早く救出してほしい。お願いです、トリスタン。どうかお願いします」

自分のせいで逮捕されることとなったローランドを少しも早く自由の身にしてほしい。その願いは、だが、いつもアーサーの気持ちを汲《く》んでくれるトリスタンにも聞き入れられることはなかった。

「できません。ローランド様のご命令ですから」

「トリスタン、どうして……っ」

お願いだ、と縋るアーサーに、ナダルもまた、冷たいとしかいいようのない声を浴びせてくる。

「お前はもう、ローランド様の側を離れる気持ちを固めたんだろう？　ならもう、関係ないじゃないか」

「そんな……」

酷い、と思うこと自体が間違っている。わかってはいたが、アーサーはナダルに非難の眼差《まなざ》しを向けずにはいられなかった。

「お前は好きにすればいい。それでいいよな？　トリスタン」

ナダルがアーサーから目を逸らし、トリスタンを見る。

「……そうですね」

トリスタンが頷く姿に、アーサーはこの上ない動揺を覚えていた。

二人との別れのときがきた、ということだろう。動揺すること自体、間違っている。最初に引導を渡したのは自分なのだ。ショックだなどと思うだけでバチが当たろう。

「……今まで……ありがとう」

そしてごめんなさい。頭を下げたアーサーの脳裏では、これまで二人と共に過ごしてきた日々が走馬灯のように巡っていた。

「身体に気をつけるのですよ」

トリスタンがそう言い、アーサーに向かい手を差し伸べてくる。

「トリスタンも、無理しないで」

その手を取ったあと、アーサーはナダルへと視線を向けた。

「ごめん、ナダル」

「気持ちはわかるからな。だが、いつでも戻ってこい。お前が俺たちの『家族』であるのは何があろうと変わらないのだから」

先ほどは突き放したことを言っていたナダルの瞳は潤んでおり、そこにはしっかりと慈愛の光が浮かんでいた。

これまで、彼にどれだけ世話になったことか。どれだけ支えてもらったことか。それを思い出すアーサーの目にも涙が込み上げてきてしまっていた。

「……さようなら」

できることなら、決して二人には告げたくない言葉だった。切にそう思いながらも頭を下げたアーサーに、ナダルが、トリスタンがそれぞれに声をかけてくる。

「さようなら」

「元気でな」

決別のときがきた。覚悟はしていたがこうも胸が痛むものだったとは。つらさを堪《こら》えるあまり、いつしか自身のシャツの前を握り締めていたアーサーの胸には今、一つの決意が芽生えていた。

ローランドを救い出そう。

彼のもとを離れる決意を固めた自分には、ローランドの言いつけに従う義務はない。ローランドがなぜ、そのような指示を与えたのか、彼の意図はわからないが、どのような意図があろうとアーサーには、誇り高いローランドをいつまでも警察の手中に留まらせておくことはできなかったのだった。

待っていてください。すぐにも救い出してみせます。心の中できっぱりと呟くアーサーの脳裏にはそのとき、天涯孤独となった自分に優しく手を差し伸べてくれた、かつてのローランドの姿がありありと浮かんでいた。

7

都下の、ローランド一味の隠れ家である館を出たあと、アーサーはローランドを救う術《すべ》を一人考えた。

まずはローランドがどこに勾留されているかを探らねばならない。そのためには自分の住居に戻る必要があるが、既に警察の手が回っているのではないか。

案じていたアーサーだったが警察はローランドの身柄を拘束したことで満足したのか、注意深く足を踏み入れた自宅に、警察が立ち入った様子はなかった。

パソコンを立ち上げ、警察のサーバーに入り込み、得たい情報を探す。

「…………あ…………」

すぐに、ローランドの居場所は知れた。自分が勾留されていたところと同じ場所だとわかった瞬間、アーサーは勝機を得たことを確信した。

あの拘置所だったら余裕で潜り込むことができる。今夜にでも実行しよう。心を決めてからのアーサーの行動は早かった。すぐさま逃走用の車を用意し、拘置所へと向かう。計画どおり潜入することに成功した彼は、ローランドが捕らえられているであろう独房へと向かったのだった。

見張りの警官は麻酔で眠らせた。監視室の二人の意識も奪い、監視カメラには数時間前の録画画像を繰り返し映すよう細工も施してきた。

あまりにことがあっけなく進みすぎて、逆に罠《わな》ではないかと不安を覚えなくもなかったが、たとえ罠であったとしても、今度は自分が身を挺してローランドを逃がすまで、と腹を括《くく》り、独房へと急いだアーサーの視界に、ローランドの美しい金髪が飛び込んでくる。

「ローランド様」

駆け寄り、独房の柵を摑む。

「……アーサー……」

ローランドは現れたアーサーを見て、一瞬、目を見開いた。その表情が物語る感情はなんなのか。驚きというのとは少し違うように感じる、と思いながらもアーサーは、見張りの警官から奪った鍵で独房の扉を開けると、大きくそれを開いた。

「逃げてください。ここは僕がなんとかしますので」

「アーサー」

再びアーサーの名を呼んだローランドは独房から出たあと、アーサーの手を握ってきた。

「お前も一緒に逃げるんだよ」

「……これが車のキーです。裏手に停めてあります」

アーサーはローランドを救出したあと、行動を共にするつもりはなかった。それで敢《あ》えて、後始末のためにこの場に残る、というパフォーマンスをしたのだが、そんな彼の嘘はすぐにローランドに見抜かれてしまった。

「残ったところでやることなどないだろう？　さあ、行こう」

ローランドがアーサーの手を握り、歩き出そうとする。

冷静に考えればすぐにもこの場を離れるべきだとわかっていたのに、アーサーの足は動かなかった。

「アーサー」

焦れたようにローランドがアーサーを振り返る。

「……行けません」

そんな場合ではない。それでもアーサーはそっとローランドの手から自身の手を引き抜くと、首を横に振ってみせた。ローランドがアーサーへと身体を向け、じっと目を覗き込んでくる。

『なぜ』と問われることがないのは、理由がわかっているからだろう。それでも、とアーサーはその『理由』を改めて口にし、頭を下げた。

「申し上げたはずです。僕はもう、僕の人生を歩んでいきたいと」

だから行動を共にすることはできない。俯いたままのアーサーの耳に、穏やかな口調のローランドの声が響いてきた。

「それならなぜ、こうして私を助けにきた？」

「それは……っ」

思わず顔を上げたアーサーは、ローランドの眼差しの真摯《しんし》さの前に声を失ってしまった。

「アーサー、お前はあのとき私に別れを告げ、私もそれを受け入れた。なのにどうしてお前はこうして一人、私を助けに来た？」

「それは……」

決別はした。でも目の前で逮捕されたのだ。自分を逃がすために、囮《おとり》になった姿を前にしては、助けに来ずにはいられなかった。

何より、誇り高いローランドに拘置所は似合わない。一刻も早く、救い出したいと、そう願ったのだ。

理由は確かにそれだった。が、改めてローランドに『別れを受け入れた』という言葉を出され、アーサーはその衝撃の大きさに何も喋ることができなくなってしまったのだった。

そんな彼を真っ直ぐに見据えていたローランドが、ここで、ふっと笑う。綺麗《きれい》な青い瞳が微笑みに細められ、強い光が消えたことでようやくアーサーは言葉を取り戻し、先ほど問われた『理由』と答えようとした。が、それより一瞬早く、ローランドの優しい声音が響いたのだった。

「私はね、アーサー。お前が助けに来なければ、私から離れ、自身の人生を歩みたいというお前の希望どおりにさせるつもりだった。お前の人生はお前のものだ。いくら引き留めたいと願ってもそれは私のエゴになると」

「ローランド……様……」

名を呼びかけたアーサーの肩に、ローランドの手が乗せられる。アーサーが見つめる先、ローランドは再び微笑んだあと、ふと真面目な顔に戻り、じっと目を見つめながら改めて先ほどの問いをアーサーにしかけてきたのだった。

「だがお前はこうして私を助けに来てくれた。どうしてだ？　お前は私から離れる決意を固めたのではなかったのか？　目の前で私が逮捕されたことを気にしただけか？　本心から、私の許《もと》を離れたいと思っていたのだとしたら、救出は仲間に任せただろう。彼らが日本に来ていることは既に知っているのだから」

「知っています……が、ナダルもトリスタンも、あなたから命じられたので助けには行かないと……」

答えながらアーサーは、ここでようやく、理解不能としか思えなかったローランドのその命令の意味を理解したのだった。

「……僕が助けに来るか来ないかを……試すため……？」

「試す、というのは語弊がある。待つ、というのが正しい……かな」

ローランドが少し考える素振りをしながらそう言い、尚もアーサーを見つめてくる。

「お前の気持ちを試したかったわけではない。ただ、お前の本心が知りたかった。本心から私と離れたいと願っているのなら諦める。だがそうではないのなら、これから共に楽園に帰ろう。あの楽園には……いや、私にはお前が必要なのだ、アーサー」

「……っ」

切々と訴えかけてくるローランドの言葉に、嘘など一つもないことは、勿論アーサーにもわかっていた。

必要な人間であると言われたことは嬉しい。だがその『必要』は、自分の望むような意味ではない。今まで家族同然に過ごしてきた仲間だから。本人に問わずともそうした意味で言われていることはアーサーには痛いほどにわかった。

「……まずはここを出よう。あまりのんびりしていると、再び逮捕されかねないから」

黙り込んだアーサーを持て余したのだろう。ローランドがわざと少しおどけたことを言い、アーサーの肩をポンと叩くと腕を取ろうとする。

子供の手を引こうとしている保護者のようだ。ローランドの自分に対する行動で、ときどきアーサーはそんな印象を受けることがあった。

『ローランド様の目には、未だにあなたは十二歳の子供として映っているのでしょう』

トリスタンにも言われたことがある。

子供ではない。そしてあなたの『家族』ではない。僕がなりたいのは――。

その思いが胸の中で弾《はじ》けた、と思ったときには、アーサーは自分の手を引き、前を歩き出したローランドの背に向かってそれを吐き出してしまっていた。

「つらいのです……っ……あなたの側にいるのが……っ」

「なに？」

ローランドにとっては意外すぎる発言だったらしく、振り返ったその顔には、心底驚いている表情が浮かんでいた。

「つらい？」

問い返してくるローランドの眉間《みけん》には微《かす》かに縦皺《たてじわ》が寄り、彼が本当に『つらい』の意味を理解していないことを物語っている。

この先一生、ローランドは自分の想いに気づくことはないに違いない。自ら告げない限りは。

思い知らされたと同時にアーサーの中では、物凄《ものすご》い勢いで葛藤が始まっていた。

黙っていればこのまま側にいることができる。だが側にいればこの、鋭い刃で胸を抉《えぐ》られるような痛みは生涯続く。

言うか。言わないか。言えば全てが終わる。ローランドには受け入れられるはずのない気持ちである。何度も決意しているとおり、永遠に彼の前から姿を消すしかない。

「何がつらいのだ？」

だがローランドにそう問われたときにはもう、何もかもに耐えられなくなり、アーサーは思わず己の胸の内を彼にぶつけてしまったのだった。

「あなたが好きなのです。愛しているのです。仲間としてではなく、一人の男として……っ」

「………っ」

その瞬間、アーサーの周囲で空気が凍り付いた。絶句するローランドの顔を見ていることができず、目を伏せる。

「……なんと……」

ローランドは小さく呟いたが、それ以上、言うべき言葉を持たなかったらしく黙り込んでしまった。

やはり――言わないほうがよかったのではないか。後悔があとからあとから胸に溢れ、やりきれない思いが増していく。

「……なので……」

一緒には行かれない。アーサーがそう告げようとしたとき、廊下を駆けてくる数名の足音が響き、もしや気づかれたか、と、はっとして前方を見やった。

「ローランド様、どうかお逃げください」

警官たちが何人いようが、この場は自分に任せてほしい。ローランドの前にアーサーが立ちはだかる。が、そんな彼の肩をローランドが叩いたのと、前方の角を曲がり、足音の主たちが姿を現したのがほぼ同時だった。

「案ずるな。ナダルたちだ」

「あ……」

ローランドの言うとおり、二人へと向かい駆けてきたのはナダルを先頭にした仲間たちだった。

「まったく、何を愚図愚図してるんだ」

ナダルはアーサーを、続いてローランドを睨んだものの、二人の様子がおかしいことにはすぐに気づいたらしかった。

「どうした？」

「いや」

アーサーが答えるより前にローランドが首を横に振り、後ろからアーサーの両肩へと手を置くと彼を前へと優しく押しやった。

「…………」

その意図は、と振り返ったアーサーにローランドが、

「まずはここを出よう」

と告げ、微笑んでみせる。

「……はい……」

ローランドの微笑みは、今までとなんら変わらないものであることに気づいたアーサーの胸には、自身にも説明しがたいもやもやとした思いが渦巻いていた。

「行くぞ」

ナダルは一瞬何かを言いかけたが、すぐさまそう言うとアーサーの腕を摑み、今来た廊下を引

き返し始めた。

外には二台のバンが停まっており、ナダルはアーサーの手を引き先頭の車に乗り込んだ。ローランドと数名の仲間たちは後ろの車に乗り込み、すぐさま二台の車は拘置所前を離れ、都内を疾走し始めた。

間に二回、車の乗り換えがあったが、その間ナダルは一言も喋らなかった。バンには他にカイとロダンという仲間が二名乗っていたためもあるだろうが、アーサーにはナダルの沈黙は自分への気遣いであろうことはよくわかっていた。

やがて車は、数時間前、アーサーが飛び出した都下の屋敷へと到着した。ローランドたちのほうが先に戻っていたらしく、ガレージには既にバンが一台、停まっていた。

「先に上がってくれ」

ナダルがカイとロダンに声をかけ、二人の若者がガレージを出ていく。

「……騙《だま》すつもりはなかった。俺もローランドの意図を知ったのはついさっきだ」

そう言いながらもナダルは直後に、

「悪かった」

と頭を下げてきて、アーサーは彼の謝罪に恐縮してしまった。

「ナダルが謝ることはないよ。ローランド様の命令に従っただけなんだし」

首を横に振り、そう告げたアーサーは、ナダルに腕を摑まれ、顔を上げた。

「……それで？」

ナダルがアーサーの目を見つめ、問いかけてくる。

「…………」

彼が問いたい内容は、おおかた予測がついた。気にしてくれていることもよくわかった。『家族』ゆえの気遣いはありがたいと思いはしたが、言えば涙が零れてしまうことがわかっていたため、アーサーは再び首を横に振った。

「……ごめん。言いたくない」

「そうか」

ナダルはさらりとアーサーの拒絶を流してくれた。

「上に行こう」

そう言い、アーサーの腕を取り歩き出そうとする。

「…………ごめん、僕はもう……」

上にはローランドがいることはわかっている。きっと今頃は無事の帰還を仲間たちが祝っているだろう。

ローランドの顔を見るのはつらい。彼が拘置所内で見せた、いつもと寸分変わらぬ笑みがアーサーの脳裏にはまざまざと蘇《よみがえ》っていた。

あの笑みの意味を、アーサーは移動中、ずっと考えていたのだった。否、答えは既にわかっていた。が、その『正解』から必死で目を背け続けてきたのだった。

今までとまるで変わらない笑みを浮かべたということは、ローランドは自分の告白を『なかったこと』としようとしているということだろう。

告げたことを後悔した。だが、告げたからには、何かしらの答えを与えてほしかった。拒絶でもいい。拒絶以外、あり得ないことはわかっている。だがローランドは『なかったこと』としてこれから先も共に過ごそうとしている。

『家族』として——。

それが、ローランドの自分に対する優しさだということもまた、アーサーにはわかっていた。だが、その優しさは自分にとっては逆に酷だ。きっぱりと拒絶してくれたほうがまだ、思い切りがついた。このまま生殺しのような状態で、日々を過ごしていくことはつらすぎる。なのでアーサーはローランドにはこのまま会わずに姿を消そうとしていたのだった。

「……アーサー……」

ナダルはアーサーの様子から、すべてを察したらしい。力ない声で名を呼んでくれたあと、アーサーの腕を摑んでいたその手に力を込めた。

「……ごめん。もう……行くね」

俯いたまま、ナダルの手に己の手を重ね、握り締めた後にアーサーは、その手を自分の腕から外させようとした。

「…………」

ナダルは何かを言いかけたが、抑えた溜め息を漏らすとアーサーの腕を離し、その手をすっとアーサーの前に差し出してきた。

「握手……？」

問いながらアーサーがナダルの手を握る。と、ナダルは握ったその手をぐっと引き、アーサーを胸に抱くと、背を抱き締めてきた。

「ナダル」

「……元気でな」

アーサーの背をきつく抱き締めながら、ナダルが耳許で囁《ささや》く。彼の声が少し震えていることにアーサーは気づいたが、気づかないふりを貫くことにした。

「ありがとう。ナダルも元気で」

そう言い、ナダルの背を抱き締め返したあと、身体を離す。

「それじゃあ」

ナダルの顔を見ると自分も泣いてしまいそうだったので、アーサーは俯いたままそう言うと、踵《きびす》を返しガレージの出入り口へと向かおうとした。

「あ、アーサー」

と、そのとき、建物内へと通じるドアが開いたかと思うと、先ほど先に上へと向かわせたカイが顔を出し、アーサーに呼びかけてきた。

「はい？」

カイはアーサーより三歳年上ではあるが、仲間に加わったのは数年前というフランス人の若者だった。普段は寡黙だが酒が入ると陽気になり、アーサーを口説くようなことを言ってくる。だがアーサーが相手にしないと空気を読んですぐに退く、明るいのか暗いのかよくわからないがナイスガイであることには変わりはない、という男だった。

「ローランド様が呼んでる。すぐに来てほしいって」

「え」

思いもかけない彼の言葉に、アーサーは声を失い、その場に立ち尽くした。

「急げって言われた。お前がいなくなる前にって。別にいなくならないよなあ？」

既に酔っているらしいカイはそう言うと、動けずにいたアーサーに駆け寄り、腕を摑んだ。

「さあ、行こう」

「…………」

どうしよう。アーサーは思わずナダルを見てしまった。

「…………」

ナダルもまた驚いているようで、複雑そうな顔をしてはいたが、アーサーと目が合うとすぐに、大丈夫だろう、というように微笑んでくれた。

だが彼自身『大丈夫』とは思っていないようで、眉間にはくっきりと縦皺が寄っている。

今更、どんな用があるというのか。思わず告げてしまった、長年胸に抱き続けていた思いを彼は、『なかったこと』にしたのではないのか。

あの告白に対する答えを、与えようとしているのか。

だとしたら聞くのは——とてつもなく、怖い。

「どうした？」

足が止まってしまったアーサーをカイが振り返り、訝《いぶか》しげに問いかけてくる。

「あの……ローランド様は、どんな用で僕を？」

問うたところで答えが返ってくるわけがない。そう予測しつつも問わずにはいられなかったアーサーは、実際、カイから答えが得られることを期待していなかった。

だが彼の予測に反し、カイは『答え』を与えてくれ、ますますアーサーから声を奪ったのだった。

「なんでもさっきの返事をしたいって。なんのことだ？」

「…………え…………」

そのときアーサーの頭の中は真っ白になっていた。

「アーサー？」

またも足を止めたアーサーの腕を引きつつ、カイがアーサーを振り返る。

「どうした？　真っ青だぞ？」

大丈夫か？　と顔を覗き込んでくるカイに、

「すみません、大丈夫です」

と答えるのがやっとだった。

「アーサー」

ナダルがそんなアーサーに声をかけてくる。

「ナダル」

助けて、と振り返った先ではナダルが笑顔になっていた。

「…………」

大丈夫だ。力強く頷いたナダルの眉間には最早、縦皺は寄っていなかった。

ローランドが何かしらの答えを返してくれようとしている。必死の思いでした告白を『なかったこと』にはされなかったのだ。よかったじゃないか。

ナダルには事情を告げたわけではない。だが、何も言わずとも彼は、すべてを察していたようだった。

察した上で、そう思ってくれている。彼の表情からそれを読み取ったとき、アーサーはようやく、落ち着きを取り戻すことができたのだった。

そうだ。どのような『答え』にせよ、ローランドが自分と向き合ってくれようとしているのだ。

喜ぶべきことであり、恐れることではない。

結果はわかっている。思いが受け入れられるはずはないのだ。拘置所で告白したとき、ローランドは声を失っていた。

あんなに驚いた顔を見たのは、彼と知り合って以来、初めての気がする。

『……なんと……』

声も出ない様子だったローランドの与えてくれる『答え』が、拒絶でないわけがない。それでも彼は、きちんと返事をしてくれようとしているのだ。

これでやっと、思い切れる――。

一生涯、秘めた恋情を胸に抱き続けていくであろうと思っていた。だがローランドに涼也という『愛する人』ができた頃から、恋情を隠し続けることをつらいと思うようになった。

堪《たま》らず告白してしまった。そのことを悔いていた。だがローランドが自分の想いに向き合ってくれようとしていると知らされた今、アーサーの胸に後悔はなかった。

カイに導かれ、ローランドが待っているという部屋に向かう。アーサーはてっきり、ローランドはあの広々としたリビングで、仲間たちと寛《くつろ》いでいると思っていたのだが、カイが彼を連れていったのはローランドの寝室だった。

「それじゃ、またあとで」

用事が終わったら、お前も飲みに参加しろ、と言葉を残し、カイはその場を離れていった。

一人、ドアの前に立ち、アーサーは呼吸を整えた。

ノックするために拳《こぶし》を握ろうとしたが、指先が震えていることに気づき、敢えてぎゅっと手を握り締める。

何を臆している。覚悟を決めたはずじゃないか。己を叱咤《しった》し、アーサーは思い切ってドアを静かにノックした。

「アーサーです」

扉の向こうに声をかけ、返答を待つ。

「入ってくれ」

ローランドの声を聞いてから、アーサーはドアを開き、ベッドに腰掛けていたローランドに声をかけた。

「お呼びだと聞きました」

案外と普通の声が出た。これから与えられるはずのローランドの『答え』を聞いたあとにも、どうかこの声が出ますように。

心の中で祈りつつ、アーサーは部屋に足を踏み入れ背中でドアを閉めた。

「まずは謝らせてくれ。お前の気持ちに気づかなかったことを」

ローランドが立ち上がり、アーサーへと向かってきながらそう告げると、足を止め深く頭を下げて寄越した。

「いえ……気づかれないように、心がけていましたから」

側にいるために。なので謝る必要はない、とアーサーは首を横に振ると、

「お顔を上げてください」

と声をかけた。その言葉を聞いたあとに、ローランドがゆっくりと顔を上げる。

「アーサー」

「……はい」

呼びかけられたので返事をする。そのときアーサーの鼓動は高鳴り、緊張のあまり喉はからからに渇いていた。

「……髪を切ったんだな」

「……え？」

すぐにも返事を聞かせてほしい。そして自分の想いを断ち切らせてほしい。

なぜ、今頃髪型の話になるのか。話を切り出すきっかけか。戸惑いながらもアーサーは、

「はい」

と頷き、ローランドを見返した。

「綺麗な髪だったのに……だがまた、髪は伸びるからな」

ローランドがそう言いながら、すっと手を上げ、その手をアーサーの髪へと伸ばしてくる。

「……ローランド様」

やめてほしい。いつもと同じく、優しく髪を梳《す》こうとするその手を避けるべく、アーサーは一歩下がり、ローランドを見やった。

「あの、話というのは」

なんでしょう。問いかけた彼の目をローランドが真っ直ぐに見つめ、口を開く。

「本当だ……お前はもう子供じゃない」

「……は？」

何を言われたのかがわからず、戸惑いの声を上げたアーサーに、ローランドが苦笑しつつ、納得できるような言葉を告げる。

「トリスタンに言われたんだ。お前はもう、十二歳の子供などではないと」

「トリスタンに……」

そういうことか、と呟いたアーサーは、ローランドの手が頬に伸びてきたことにはっとし、顔を上げた。

「お前はもう、私の手を必要としている子供ではないのだな」

「……はい」

頷き、ローランドを見返したアーサーは、ローランドに近く顔を寄せられ、居心地の悪さから目を伏せた。

「……それがどうかしましたか」

わからない。ローランドの心が。何を言うために自分を呼んだのだろう。

拒絶するのではないのか。するなら今、このときにでもしてほしい。そして今、幾許《いくばく》かの期待を抱いてしまっている自分に、諦めをつけさせてほしい。

頼むから。

見つめる先、ローランドが少し迷う素振りをしたあと、口を開く。

「……少し……時間をくれないか？」

「……え……？」

言葉の意味を察することができず、アーサーはローランドに問いかけた。

「だから……返事にはもう少し、時間をもらえないだろうか。お前がどんな思いで告白をしたかを思うと、こんなことは言えた義理ではないのだが」

「……あの……ローランド様……」

まさかそんな言葉を告げられるとは。戸惑いから声を上げたアーサーに、ローランドが頭を下げる。

「申し訳ない。お前は私にとってはなんというか——あまりに近くに居すぎた存在だった。だから、改めて考える時間をもらえないか？　お前を私の家族としてではなく、一人の男として相対する、その時間を」

「ローランド様……」

予想もしていなかったローランドの言葉に、混乱しまくっていたアーサーの目の前、そのローランドがにっこりと微笑みかけてくる。

「……お前の思いと、きっちり向かい合いたいのだ、アーサー」

真摯な彼の瞳から、優しげな笑みから、目が逸らせなくなる。

「お願いだ、アーサー」

懇願されてはもう、断れるはずなどない。立ち尽くし、声を失っていたアーサーの胸には、ローランドに対しては自分は頷くしかないという諦観が溢れていた。

8

ヘビの生殺しとはこういう状態をいうのだろうか。

『楽園』へと旅立つプライベートジェットの中で、アーサーは一人溜め息をついていた。

ローランドから、愛の告白の答えについて『時間をもらえないか？』と言われたのは前夜のことだった。

アーサーはそれを承諾するしかなかったのだが、そのことが共に『楽園』へと戻ることをも承諾したことになると気づかされたのは、夜が明けプライベートジェットへと乗り込むことが決まったあとだった。

二度と戻るつもりがなかったローランドの『楽園』に、自分が再び向かっていることに対する違和感というか、不自然さというか、そうしたマイナス感情は当然、アーサーの胸に芽生えていた。

しかも当のローランドは出発直前、

「忘れ物を思い出した」

との言葉だけを残し、飛行機を降りてしまっていたために、アーサーのやり場のない思いはますます増していった。

ローランドの『忘れ物』とは、何か。

ここは日本だ。となるともう、答えは一つしかない。長時間留まればまた警察に逮捕されかねないというのに、単独でも残り、取りに行こうとしているその『忘れ物』とは、彼の花嫁、涼也であるとしか思えなかった。

自分の告白についてローランドは昨夜『考える』と言ってくれた。だが今日にはもう、『花嫁奪還』へと向かっている。

ローランド『らしい』といえば『らしい』。『考える』と言ったのは自分を傷つけまいと思ったからだろう。

長年、抱いてきた恋心を即座に拒絶するのは可哀想だ。そんな思いやりから『きっちり向かい合いたい』と言ってくれたのだろうが、その優しさは自分にとっては酷だ、とアーサーはまたも溜め息を漏らしそうになり、いけない、と唇を噛んでそれを堪えた。

というのも彼は今、トリスタンの隣の席に座っていたからである。

溜め息などつけば、トリスタンは敏感に気づき、自分のために心を痛めるに違いない。

トリスタンが自分に話しかけるきっかけを探っていることに気づいたアーサーは、見えてはいないとわかっていながらも敢えて笑顔を作り、彼のほうからトリスタンに語りかけた。

「トリスタン、ありがとう。取り持ってくださって」

『何を』とは言わなかったが、トリスタンがアーサーの意図を理解しないはずがなかった。

「取り持ってはいませんよ。気づかせようとはしましたが」

微笑み、そう告げたトリスタンの顔には罪悪感が溢れていた。

アーサーはまだ、トリスタンに対し、ローランドから言われた言葉を伝えていない。その機会がなかったためだが、やはりさすがといおうか、何も伝えずとも結果はわかっているのだな、とアーサーは思わず苦笑してしまった。

「気にしないでください。トリスタン。はじめから結果はわかっていたのだから」

そう言い、トリスタンの手を握る。相変わらずひんやりとしたその手がアーサーの手を握り返してきた、その優しい感触に、つい、涙ぐみそうになり、いけない、とアーサーはひっそりと首を横に振ると、一層強い力でその手を握り返しながら、明るい口調を心がけつつ言葉を続けた。

「トリスタンが気に病むことはないんですよ。端《はな》から報われるはずがないと思っていたし。だからどうかそんな顔をしないでください」

「アーサー……」

トリスタンの顔に浮かんでいた罪悪感がますます色濃いものとなる。

「お願いです。トリスタンに気に病まれるほうが僕にはつらいので」

あなたは何も悪くないのだから、と手を握り締めると、トリスタンもまた、アーサーの手を握り返してくれたが、彼の表情は沈んだままだった。

「それより体調はどうですか？　無事に『ディアーナの真心』も手に入ったことだし、一度きちんと大きな病院で検査をしたほうがいいと思う。ローランド様の知り合いの医師がロンドンにいるんですよね？　雨期が終わる頃まで静養をかねてロンドンに行くのはどうでしょう」

「……そうですね……」

トリスタンがアーサーの言葉に、頷いてみせる。

いつもであればおそらく『大丈夫ですよ』『心配は無用ですよ』という言葉が返ってくるところ、トリスタンはなぜだか素直に頷き、アーサーに笑みを向けてきた。

「暫く島を離れるのも、私の体調にはいいかもしれません。アーサー、一緒に来てくれますか？」

「勿論です」

ああ、そうか。

ローランドの側にいるのはつらかろうと、彼は気を遣ってくれているのだ。察したと同時にアーサーは、尚一層強い力でトリスタンの手を握り締めた。

「……ありがとう、トリスタン」

「礼を言うのは私のほうでしょうに」

敢えて気づかぬふりをしてくれているトリスタンの顔から罪悪感は払拭されていた。が、それは彼が気力で表情の奥に隠したためだということに、アーサーは当然気づいていた。

互いに互いを思いやっている。まさに『家族』だな、とアーサーは自分が握り締めているトリスタンの手を見やった。

「どうしました？」

トリスタンが黙り込んだアーサーに問いかけてくる。

「……いえ、なんでも……」

誤魔化したものの、おそらく自分が考えていることは、トリスタンには繋いだ手を通じて伝わってしまうだろう、とアーサーは苦笑し、首を横に振った。

家族——十二歳のときに母親が亡くなり、血の繋がった『家族』を失ってしまった自分には今、トリスタンやナダル、誰よりローランドといった『家族』がいる。

実の家族と同じく、否、もしやそれ以上に互いを思いやり、支え合っている彼らの存在がいかに得がたいものであったかを、一度離れる決意を固めたあとだけにアーサーはしみじみと嚙みしめていた。

『家族』でいいじゃないか。

恋愛感情は抱かれていない。だが、『家族愛』は間違いなく、ローランドは自分に対し感じてくれているに違いないのだ。

『あの楽園には……いや、私にはお前が必要なのだ、アーサー』

そうでなければあのような言葉が出るはずがない。

もう、それでいいじゃないか。

諦観、というよりは、達観といったほうが相応しい気持ちだった。強がりでもなんでもなく、それでいいか、と本心からそう思えるようになっている自分に、アーサーは戸惑いを覚えつつも納得していた。

理由は一つではない。ナダルやトリスタンの存在も大きかった。が、やはり一番の理由は、想いを告白したあとも、ローランドを失わずにすんだからではないか。

家族としてではなく、恋愛の対象として愛している。その想いを伝えればもう、ローランドの前から去るしかないと、アーサーは思い込んでいた。

必ず拒絶される。結果、『家族』としての絆は必ず断ち切られるに違いない。そう思い込んでいたが、実際は何も変わらなかった。

そのことに自分はおそらく、意識している以上の安堵を覚えたのだろう。失うに違いないと覚悟していたものを失わずにすんだ。となるともう、二度と失いたくなくなる。

それには納得するしかない。自身の心理の流れはそんな感じではないかといつしか自己分析をしていたアーサーは、意味のないことをしていると気づき、思わず苦笑してしまった。

「アーサー？」

笑い声が漏れたのか、トリスタンが見えない目をアーサーへと向け、問いかけてくる。

「吹っ切れました。もう」

「え？」

トリスタンが珍しくも、驚いた様子で問い返してきたのにアーサーは、

「もう、大丈夫ですから」

と答え、彼の手を改めて握り返した。

「……そうですか」

トリスタンにはアーサーが、本心からそう言っているのがわかったらしい。とはいえまだ案じてくれているようではあるが、それでも少しでも安心させることができたのなら嬉しい、とアーサーは言葉を続けた。

「僕には『家族』がいますから」

あなたも僕の家族だから。その思いを込め、そう告げたアーサーの手を、トリスタンが握り返してくる。

「あなたを失わなくて、本当によかった」

トリスタンの声は震え、彼の頬は涙に濡れていた。

「……ごめんなさい、本当に……」

決別など、できるわけがなかったのだ。『家族』なのだから。改めて詫びるアーサーの声にも涙が滲む。

「あなたが認識している以上に、私にとってはあなたは大切な……人生において必要な人なのですよ、アーサー」

トリスタンの言葉に、それは自分も同じだ、とアーサーもまた頷いた。

「ちゃんと認識していますし、僕にとってのあなたもそうです、トリスタン」

「それはよかった」

嬉しいです、と、本当に嬉しげな顔で微笑むトリスタンの、美しいその笑顔を見るだけで、涙が込み上げてきてしまう。

「……僕も」

悲しみの涙や、恋情を隠すつらさゆえの涙は今まで数え切れないほど何度も零してきた。嬉しいときにも涙が出ることを、初めて知った。

本当に嬉しい。トリスタンの手を握り締めるアーサーの心の声は、今回も無事に繋いだ手から伝わったらしい。

「ありがとう」

同じく嬉しさから涙を流しているトリスタンに礼を言われ、アーサーはますます込み上げてくる涙を必死に飲み下すと、見えないことはわかっていたが心底嬉しいとわかってもらえる笑顔をトリスタンに向け、既に冷たくはないその手をしっかりと握り直したのだった。

アーサーたちは無事に南太平洋の『楽園』へと戻ってきた。長時間の移動でトリスタンは体調を崩し、寝込んでしまったのだが、それ以外はアーサーにとって、まったく以前と変化のない日常が始まることとなった。

髪の色ももとに戻した。唯一、それまでの生活と違うところは、ローランドが不在である、ということだった。不在ゆえ、終日こなしていた主の用事を何も果たさなくてよい。それでもアーサーは朝は六時に目覚め、七時になると、いないことはわかっているにもかかわらず、ローランドの部屋を覗いてしまうのだった。

『忘れ物』を取りに行くということだったので、ローランドは遅くとも翌日には『楽園』に戻ってくるだろうと、アーサーだけでなく、ナダルや皆もそう思っていた。だが、翌日に彼からナダルあてに入った連絡によると、あと三日ほどかかるということで、一体何をしているのかと島で仲間たちは首を傾《かし》げ合った。

やはり『花嫁』を迎えに行ったが、手間取っているということだろうか。そう思ったアーサーはナダルに、

「手伝いに行ったほうがいいんじゃないか」

と持ちかけたが、ナダルは首を横に振った。

「どうして」

「ローランドが『不要だ』と言ったからだ」

「心配じゃないの？」

淡々と言い放ったナダルにアーサーは食い下がったのだが、

「何かあれば日本滞在中の仲間から連絡があるはずだ」

と、聞く耳を持とうとしなかった。

彼は何かを知っているのかも――『何か』とは勿論、ローランドの目的についてだが、その目的がやはり、涼也誘拐とわかっているからこそ、手伝いには行かないと自分に宣言したのかもしれない。それこそ自分への気遣いとして、と察したため、アーサーはナダルの説得を諦め、彼が待つというのなら三日間、待つことにしようと心を決めた。

日本に潜伏している間の二週間も、それは長く感じたものだが、『楽園』での三日はそれ以上の長さにアーサーには感じられた。

まったく時間が過ぎない。本を読もうが島内を歩き回ろうが、宝物殿の整理をしようが、少しも時計の針は進まない。

ローランドに限っては、みすみす警察の手に落ちることもないだろうし、万一そんなことになったら、仲間から連絡が入るはずである。安心していいというのに、気づけばアーサーは時計を見てしまっていた。

そうもローランドの帰宅を待ち侘びてはいるが、ローランドが『忘れ物』と共に戻ることについては、できるだけ思考を断っていた。

早く無事な顔を見たい。だが彼の『忘れ物』が――ローランドの愛する花嫁が寄り添っていたとしたら、それを笑顔で受け入れることが果たして自分にできるだろうか。

さすがにローランドがそこまで無神経であるとは、アーサーとて思っているわけではなかったが、涼也以外にローランドに『忘れ物』があるとは、やはり思えないのだった。

涼也を連れ帰ることが『考えた』結果の答えということかもしれない。アーサーの気持ちは理解した。でも自分が愛しているのは『花嫁』なのだ。

それを態度で示そうとしているのかも――日がな一日、アーサーはたびたびそのことを考えては、どれほど考え抜いたところで結論は出ないだろうに、と溜め息を漏らすのだった。

考えずとも、三日後には答えがわかるのだ。それに既に自分はローランドに対し、この先も『家族』として接していくと心を決めたのだから、今更落ち込むことはない。

平常心を保ちつつ、帰りを待つだけだ。

頭ではそう割り切れるのだが、気づけば溜め息を漏らしてしまっている。女々しいぞ、と己を叱咤し、できるかぎり頭を空っぽにしようとしてはまた溜め息を漏らすという時間をアーサーは過ごしてしまっていた。

四日目、ローランドがいよいよ戻ってくると思われていた日、アーサーはいつものように六時に起床し、自身の仕度を終えたあと、いないとわかっているローランドの部屋へと向かった。

いつも彼の髪を梳いていた鏡台の前に立ち、鏡面を磨く。

明日の朝には、これまで同様、この鏡越しにローランドに、微笑みかけることができるはずである。

なんといっても『家族』なのだから——。

ローランドの美しい顔を少しでも綺麗に映すためにと、いつも以上に気持ちを入れて鏡を磨いていたアーサーだったが、そうしてピカピカに磨き上げた鏡面に、見覚えがあるというにはあまりある人物の姿を見出し、驚いて背後を振り返った。

「ローランド様っ」

幻ではなかった。いつの間に入ってきていたのか、部屋の入口に立っていたのは鏡面に映るその顔を今の今まで思い浮かべていたローランド、その人だった。

「ただいま、アーサー」

ローランドがにっこりと微笑み、アーサーに両手を広げてみせる。

「おかえりなさいませ……っ」

よかった。ご無事で。何より会いたかった——その思いからローランドに駆け寄っていったアーサーだったが、すぐさまあることに気づき、はっとして足を止めた。

「どうした？」

ローランドが小首を傾げるようにしてアーサーに問いかけてくる。

「あの……お一人……ですか？」

『忘れ物』を――涼也を共に連れ帰ったのではないのか。それとも彼は今、別室で休んでいるのだろうか。

身の自由を奪って連れ戻ってきたのならそれもあるか、と思いながら問いかけたアーサーの目の前で、ローランドが不思議そうな顔になる。

「一人に決まっているだろう？」

「でも……」

それでは『忘れ物』とは――？

涼也のことではなかったのか？ というアーサーの疑問に、ローランドはすぐに気づいたらしかった。

「お前にとっての私はどうやら、人非人のようだな」

苦笑し、そう告げたあとローランドは上着の内ポケットに右手を入れ、

「いえ、決してそのような」

と言い訳をしようとしたアーサーの目の前に、何かを握り込んでいるらしいその右の拳を突き出してきた。

「……？」

なんだ、とアーサーが目を見張ったと同時に、ローランドが手を開く。

「……これは……っ」

アーサーの口からは抑えきれない驚きの声が漏れていた。というのも、開かれたローランドの掌《てのひら》の上には、かつて彼が盗み出したものの、贈るに相応しい相手に捧げる、と自ら手放したモリエール家に伝わる宝石『幸福な花嫁の涙』が輝いていたからだった。

「ローランド様？」

今、この宝石は『贈り主』の手により、日本のある美術館に保管されているはずだった。まさかこれが『忘れ物』だったのか？　とローランドを見やったアーサーに、そのローランドがにっこりと微笑み、頷いてみせる。

「そう。私の『忘れ物』はこの『幸福な花嫁の涙』だった。その前に仁義を通してきたので少々時間がかかったんだ」

「仁義……とは？」

ローランドの好きな言葉だ。儒教の精神だったか、日本の古い伝統だったか。

しかしなぜここで『仁義』が出てくるのかがわからない。首を傾げたアーサーに対し、ローランドが目を細め、微笑んでみせる。

どき。

鼓動が高鳴り、頬に血が上りそうになる。あまりに優しい微笑だった。落ち着け、いつもローランドの笑みは優しいじゃないか、と早鐘《はやがね》のように打つ鼓動をなんとか収めようとしていたアーサーの耳に響いてきたローランドの言葉は、彼の心を一気に冷えさせるに充分なものだった。

「リョーヤに会いに行ってきた」

「……そう……ですか」

声が震えないように。それだけは心がけねば。

高まっていた鼓動が一瞬にして収まっていくのがわかった。やはり『忘れ物』は涼也との逢瀬だったのではないか。

それを自分に語ろうとするローランドの意図はどこにあるのか。

やはり、『諦めてほしい』と彼は言おうとしているのか。それならそれでかまわない。

自分はただ、受け入れるのみ。心の中でそう呟いていたアーサーの目を真っ直ぐに見据え、ローランドが口を開く。

「このネックレスはモリエール家に代々伝わるものだ。当主が愛する花嫁に捧げてきた。かつて僕はこれをリョーヤに捧げただろう？　だから、仁義を通さねばと思ったのだ。その言葉を撤回させてほしい、と」

「……え……？」

意味がわからない。すべてにおいて聡《さと》いアーサーではあるのだが、このとき彼はローランドが何を言いたいのか、正直理解できていなかった。

それで戸惑いの声を上げてしまったアーサーの前で、ローランドは少し困った顔になったあと、

「だから」

と説明を続けた。

「リョーヤに捧げることができなくなった、と言いに行ったんだ。とはいえ既に『幸福な花嫁の涙』は彼の手を離れ、上野の美術館に陳列されていたけどね。でも一度は捧げると言ってしまったただけに、一応、お伺いは立てておこうと思って、それで会いに行ったんだ。リョーヤは驚いていたが、意外にも『どうぞ』と承諾してくれたよ。美術館からの奪回には協力できるわけもないが、持ち主のもとに戻ることを祈っているという、警察官らしからぬコメントももらったよ」

ふふ、とローランドが、そのときのことを思い出したのか、堪えきれないように笑いアーサーに向かってウインクしてみせる。

あまりに魅惑的な表情を前にするアーサーの思考は停止してしまっていた。

何がなんだかまったくわからない。わかるのは唯一、ローランドが『幸福な花嫁の涙』を取り戻してきたことだけだ。

そのことになんの意味があるのか。呆然《ぼうぜん》としていたアーサーの前で、唐突にローランドが跪《ひざまず》いたものだから、アーサーはぎょっとし、思わずローランドに声をかけてしまった。

「ローランド様、どうなさったのです？」

「アーサー」

跪いたローランドが真っ直ぐにアーサーの目を見つめ、口を開く。

「……はい……」

呼びかけられたからには返事をせねばならない。頷いたアーサーの目を見つめたままローランドは微笑むと、それこそアーサーが想像だにしていなかった言葉を告げたのだった。

「『幸福な花嫁の涙』受け取ってはもらえないだろうか。私はお前に捧げたいのだ」

「ええ……っ」

これは——夢、か？

それとも妄想か？　あまりに自分に都合のいいようにことが運んでいるため、アーサーは自分が夢でも見ているとしか思えなくなっていた。

「アーサー、何か言ってくれ」

絶句するアーサーの前に跪いたまま、ローランドがじっと目を見つめてくる。

青い瞳にはこれでもかというほど真摯な光が宿っており、彼の言葉が嘘や冗談ではないと物語っていた。

だが、どうにも信じられない。『幸福な花嫁の涙』というのは先程ローランド自身も口にしていたが、そもそも、ローランドにとって——否、モリエール家にとって特別な意味を持つネックレスのはずだ、とアーサーは思わずそれをローランドに問うていた。

「……しかし……しかしこの『幸福な花嫁の涙』は、モリエール家の当主が花嫁に贈るものなのでは……？」

それをなぜ自分に、と続けようとしたアーサーの声に被せ、ローランドが微笑みながらも、き

っぱりとこう言い切った。

「それゆえ、お前にもらってほしいのだ、アーサー」

「……あの……」

『それゆえ』——何が『それゆえ』だというのだろう。当然、一つの意味しか思いつかないが、それが正解であるわけがない。

なぜならローランドは『考える』と言っただけではなかったか。ついこの間まで彼は自分を十二歳の子供としてしか見てなかったというのに、なぜ一足飛びに『花嫁』になれるのか。なれるわけがないではないか。

やはり自分の勘違いだ。『それゆえ』には何か他に誰もが納得できる理由があるはずだ。でもその理由とはなんだ？

「……あの……」

今、アーサーの頭の中は文字通り真っ白になってしまっていた。

『あの』しか言えず、ローランドを見つめ返していたアーサーの前で、ローランドもまた暫く無言のままアーサーをじっと見つめていたが、やがて立ち上がると手にしていた首飾りをその場で固まってしまっていたアーサーの首にかけてくれた。

「……とても……重い……」

ずっしりとした感触に、正直な感想がぽろりとアーサーの口から零れた。

「愛の証《あかし》だからね」

くす、とローランドが笑い、両手でアーサーの頬を包んでくる。

「……おふざけになっているのですか？」

ローランドがそのようなことをするはずがないとはアーサーにも勿論わかっていた。だがそうとしか思えないのだ、と見つめる先では、ローランドが苦笑していた。

「私はお前には随分と信用がないようだな、アーサー」

「……いえ、そのような……」

ローランドを信用しないなどということがあっていいはずはない。慌てて首を横に振ろうとしたが、頬を包むローランドの手がそれを阻んだ。

「気持ちは勿論わかる。私は今までお前に対して、思いやりの欠片《かけら》もない仕打ちをしてきたのだから」

「それはありません。日々、思いやってくださっているのを感じていましたから」

即座に言い返したアーサーにローランドが、

「しかし」

と首を横に振る。

「お前の気持ちに気づかずにいた以上の『仕打ち』はないだろう？」

「……それは……」

つらい、と一度も思わなかったといえばさすがに嘘になる。だが、つらさより、ローランドの側にいたいという気持ちは常に勝っていた。

それはローランドを愛していたから、という理由は勿論あったが、それ以上にローランドに『愛されて』いたからだと思う。

その『愛』が恋愛ではなく『家族愛』に近いものであったとしても、充分、自分の心を温めてくれた。だから詫びる必要など少しもないのだ、とアーサーはローランドを見上げ、その気持ちを伝えるべく口を開いた。

「あなたのお側に居続けるには、気持ちを気づかれてはならないと、必死で押し隠してきたのですから気づかなくて当然です。どうか僕になど詫びないでください」

言いながらアーサーは、もしやローランドの一連の振る舞いは『贖罪』からくるのか、という可能性に気づいた。

優しすぎる彼だからこそ、そんな馬鹿げたことを考えてしまったのではないか。『馬鹿げた』は主に対して失礼すぎる言葉だが、でもこれは『馬鹿げた』としか言いようがないじゃないか、とアーサーはペンダントを摑み、首から外そうとした。

「気に病んでいただく必要などないのです。愛されれば愛し返さなければならないなどという法はこの世にはないのですから」

「アーサー、お前は私がそんな理由で求愛する男だと、本気で思っているのか？」

アーサーが喋り終えるか終えないうちに、ローランドが憮然《ぶぜん》とした表情となり、睨むような視線をアーサーへと向けてきた。

「求愛……」

刺激的な言葉に、アーサーの胸は高鳴り、頬にまた、血が上ってくる。

あり得ない。何度頭の中で否定しても、その否定を覆すような言葉を次々に告げるローランドの意図はもしや、言葉どおりのことにあるとでもいうのか。

未だ信じられないながらもアーサーは、それは『違う』という答えを得るべく、おそるおそるローランドに問いかけた。

「……すみません、ローランド様は今、僕に求愛をなさっているのですか？」

「それ以外に何がある？」

ローランドがますます憮然とした顔になったのにアーサーは思わず、

「どうしてです？」

と問うてしまっていた。

「どうして？　理由か？」

ローランドが美しい青い瞳を見開き、アーサーに問い返してきた。

「……はい……」

頷いてからアーサーは『求愛』に理由を求めるのは変かもしれない、と気づいた。

初めから『贖罪』あるいは『同情』と、答えを決めつけている発言だったか、と察したアーサーが謝罪の言葉を口にするより前に、ローランドが話し始めていた。

「理由……といえるかはわからないが、色々な人に気づかせてもらったんだ。幸福の青い鳥はごく近くにいる、ということを」

「……青い鳥……というのは……」

メーテルリンクの青い鳥の童話を指していることは、確認せずともわかっていた。

気になるのは『色々な人』の部分だというのに、アーサーの口をついて出たのは『青い鳥』という言葉だった。

ローランドの美しい——美しすぎる青い瞳を前にしていたからかもしれない。その青い瞳が微笑みに細められる様に見惚《みと》れてしまっていたアーサーの耳に、ローランドの柔らかな声音が響いてくる。

「私にとっての『青い鳥』はお前だったと気づくことができてよかった。日本でお前に別れを告げられたとき、初めてお前のいない自分の人生を考え、愕然《がくぜん》とした。いてくれて当たり前だと思っていた。だが少しも『当たり前』などではなかったのだと察した途端、いてもたってもいられない状態になってしまった。お前を失いたくない。自身の人生を歩みたいというお前の言葉は尊重すべきだと頭ではわかっているが、どうしても受け入れたくはなかった」

滔々《とうとう》とそこまで告げたあとローランドは、唖然としたまま声を失っていたアーサーに少し近く顔を寄せ、囁くようにして言葉をかけてきたのだった。

「私の『楽園』にはお前は必須だ。その想いがどこから来るものであるかは、わかるようでわからなかった。だから……私はリョーヤに会いに行ったのかもしれない」

「…………」

ここで出されたローランドの『想い人』の名に、アーサーの鼓動は一瞬、嫌な感じで脈打った。

「ずっと彼に恋をしていると思っていた。いつの日にかこの手に入れたいと。でもそれは果たして『愛』なのか。それを彼と会うことで確かめようとしたんじゃないかと思う。まあ、自己分析なんて果たして意味があるのかないのかはわからないけれど」

「それで……？　それでどうだったのです？」

涼也への執着をあれだけ目の当たりにしていただけに、果たして『愛』であったか否か、という結論が気になり、アーサーはいつもであれば決してしないことをしてしまった。ローランドに話の続きを促したのである。

アーサーは、ローランドの心理や行動を読もうとすることはあっても、今、何を考えなぜそのような行動に出るかと直接本人に尋ねることはまずなかった。

畏《おそ》れ多い、という気持ちもあるが、どちらかというと敬っているからというよりは、何も言わずとも考えていることがわかるというほうを好んでいたからだが、にもかかわらず今、ローランドを急《せ》かすようなことを言ってしまったのは、今回ばかりは本人の口からその『結論』を聞きたいと切望したためだった。

否、アーサーが聞きたかったのは、『結論』というよりは、ただ、この一言のみだった。

『やはり愛ではなかった』

だがそう自分に都合のいい展開になるはずがない。なったとしても信じがたいと思うだろう。それでも聞きたい、とアーサーが見つめる先で、ローランドは一瞬、言葉を選ぶような表情となったあと、すぐにふっと笑い口を開いた。

「リョーヤに言われた。自分は誰かの身代わりではないかと。そのつもりはなかった——けれど、本当になかったか、と自身の胸に改めて問いかけると、わからなくなってしまった」

結局、結論は『わからない』なのか。拍子抜けしつつもアーサーは、今はそれでいい、と思わず息を吐きそうになり、慌てて唇を引き結んだ。

すっきりと結論が出るような話ではないのだ。結果を急かす必要はない。ローランドが自分の告白を真摯に受け止め、考えてくれただけでいいじゃないか。

多くを望んではならない。人はどんどん、欲張りになるというが、まさに今の自分がそうだ、と瞬時にして自省したアーサーの目の前で、ローランドが口を開く。

「ただ、これだけはわかる。リョーヤは楽園に招きたい相手だと思った。だがお前は、楽園になくてはならない存在だった。お前のいない私の人生など考えられない。近くにいすぎて——それこそ、いてくれるのが当然だと傲慢にも思ってしまっていたが、いざ、お前を失うかもしれないと思ったときの寂寥感といったらなかった。私にはお前が必要だ。人が生きるのに空気や水が必要なのが当たり前のように、私にはお前が当たり前のように必要なんだ」

切々と訴えかけてくるローランドの手がアーサーの頬を包む。

「……それは……『家族』だからでは……？」

ローランドの告白はアーサーにとっては『嬉しい』などという言葉では表現し足りないほどに嬉しすぎる内容だった。

だが果たして喜んでいいのだろうか。ローランドの愛情は今までも充分感じてきた。『家族』としてのものだったが、『家族』だからこそいて当たり前であり、楽園には必要なのではないのか。長年、想いを隠してきただけにアーサーは恋愛面での『幸せ』に慣れていなかった。どうしても悲観的なほうへと思考がいってしまっていた彼ではあったが、続くローランドの言葉が杞憂とも言うべき彼の心配を退けてくれたのだった。

「『家族』であれば、独り立ちしたいというお前を心から応援しただろう。だが私はお前を失いたくないと思った。その言葉だけでは足りないか？」

「ローランド様……」

優しく微笑みながら告げられた主の言葉が、アーサーの胸にじんわりと滲《し》み渡っていく。

「ならばはっきりと言おう。私はお前が好きだ。愛している」

ローランドのその言葉を聞いた瞬間、熱く滾《たぎ》っていたアーサーの胸の中にますます熱が増し、瞳からは止めどなく涙が溢れてきてしまった。

「う……」

「泣かないでくれ。私はね、アーサー。お前の泣いている顔は見たくない。笑っている顔だけ、見せてほしい。この先一生。お前を悲しませはしないと約束するから」

ローランドの熱烈な告白に、ますますアーサーの涙腺は刺激を受け、涙が止まらなくなった。

「アーサー」

ローランドが困った顔になり、近く顔を寄せたかと思うと頬を伝う涙を唇で拭《ぬぐ》ってくれる。

哀しいのではないのです。嬉しすぎるときにも涙は出るものなのです。

それを伝えたくても、嗚咽に喉を塞がれ、言葉にすることができない。

「……う……っ」

どうか言葉にならずとも、己のこの思いが無事に愛する人に伝わりますように。

その願いを込め、アーサーは自身の頬を包むローランドの手に己の手を重ね、しっかりと握り締めたのだった。

9

アーサーの涙が収まるのを待っていてくれたローランドは、シャワーを浴びたいから、とアーサーに一旦、部屋を出るようにと告げた。

「あの……」

「準備ができたら、ナダルに呼びに行かせよう」

にっこり、と微笑んでくるローランドの言う『準備』の意味はわからなかったが、部屋を出てほしいというのなら出るだけだ、とアーサーは「承知しました」と頭を下げ、ローランドの部屋をあとにした。

その足でアーサーはトリスタンの部屋へと向かった。

「トリスタン、具合はどうです？」

ノックをし、ドアを開いて中に呼びかける。

「ありがとう。随分と今日は気分がいいですよ」

トリスタンはベッドの上、上体を起こし、見えない目をアーサーへと向けてきた。

「何か飲みますか？　水でも持ってきましょうか？」

問いかけながら部屋に入ったアーサーに対し、トリスタンは一瞬何かを言いかけたが、すぐに嬉しげに微笑み頷いてみせた。

「なんでしょう？」

どき、とアーサーの鼓動が高鳴る。ローランドとのやり取りをトリスタンが知るはずがないとわかりながらも、彼ならすべてを見抜いているのではないかとも思えてしまったからだが、果たしてトリスタンはアーサーの予想どおり、どうやら状況をおおかた把握しているようだった。

「アーサー、近くへ」

両手を広げ、アーサーを己の近くへと導いたかと思うと、言葉どおり近づいていった彼にこう、問いかけてきた。

「あなたの胸にはもしや、『幸福な花嫁の涙』が下がっているのではありませんか？」

「あ……」

そういえば先ほどローランドにかけられたまま、外していなかった、と、かけられた当初はその重さに驚いたはずが、今やすっかり自身の胸の上で落ち着いている美しいサファイアのペンダントをアーサーは見下ろしたあと、その『意味』をトリスタンは当然わかっているに違いないと察した。

「あの……」

途端に頭にカッと血が上り、声を失ってしまったアーサーに向かい、トリスタンは身を乗り出すと、広げた両手をアーサーの背に回してきた。

「よかったですね、アーサー」

トリスタンの声に涙が滲んでいるのがわかる。彼が心から喜んでくれているからだとわかるだけに、アーサーの目にはもう涸《か》れたかと思った涙がまた、込み上げてきてしまった。

「……ありがとう……トリスタンのおかげです……」

アーサーもまた、トリスタンの背を抱き締め返し、彼の美しい銀髪に顔を埋《うず》めた。

「私は何もしていませんよ」

トリスタンが苦笑し、トントン、とアーサーの背を叩いてから身体を離す。

「『忘れ物』とはおそらく、そのペンダントのことだとは察していました。とはいえ、あなたには申し訳ありませんが、ローランド様がこうも早く、結論をお出しになるとは予想しておりませんでした。それだけあのかたにとってのあなたの存在は得がたいものだったということでしょう。どうか幸せになってください。あなたの長年の想いがかなって、本当によかった」

嬉しげに言葉を続けるトリスタンの閉じられた瞳からは、美しい涙が次々と零れ落ちていた。

「トリスタン……っ」

ありがとう、と再びトリスタンに抱きつき、アーサーは彼の背をしっかりと抱き締めた。

「ロンドンへは私一人で行きますよ」

またも、トントン、とアーサーの背を叩いてくれたあと、トリスタンはそう言い、にっこりと微笑んでみせた。

「そんな。僕も行きます」

「早くあなたを愛し愛される人のもとに戻さねばと、私のほうがやきもきしてしまいそうですから」

苦笑するように微笑みながら、涙に濡れた頬を自身の指で拭う、トリスタンの顔色は随分とよくなっていた。

「ああ、本当に喜ばしいことです。なんだかすっかり、元気になってきましたよ」

「本当に？　それなら僕も本当に嬉しいです」

トリスタンの体調のことは、ずっと心配していただけに、彼が本当に元気になったのならこれ以上に嬉しいことはない、とアーサーが声を弾ませたそのとき、ドアがノックされたと同時に開き、ナダルが顔を覗かせた。

「やっぱりここか。アーサー、準備できたぞ」

「準備？」

なんの？　と問おうとしたアーサーに、トリスタンが声をかけてくる。

「アーサー、私の知るかぎり、あなたは、その……」

「え？」

ここで言いよどんだトリスタンのかわりに、今度はナダルがアーサーに話しかけてきた。

「まあ、なんだ、その……頑張れ」

「え？　ええ？」

何を、と眉を顰《ひそ》めたアーサーに、今度はトリスタンが声をかける。

「頑張る必要はないと思います。ふふ、私たちはね、まるであなたの親代わりのような気持ちで、ある意味大人になるあなたに何か、言葉をかけずにはいられないでいるのですよ」

「……大人……って……あ」

ようやく、アーサーは二人が何を言おうとしているのかに気づき、思わず頬を赤らめた。

二人が察しているとおり、アーサーに性行為の経験はなかった。出会ったときからローランドに恋をしていたアーサーに、想いを告げる男女は仲間内にもいたが、アーサーはそれらの想いにはすべて気づかないふりを貫いていた。

彼の母が亡くなった際、その美貌に目をつけた男たちが彼に身をひさがせようとし、そんな者たちからローランドは彼を救い出したわけなのだが、おかげでアーサーの純潔は未だ守られていたのだった。

「……ああ……」

くちづけすらしたことがない。これからもしや、ローランドと自分はくちづけをすることになるのか。

くちづけだけではなく、それ以上の行為もすることになるかもしれない。

『準備』とはそういうことか――？

「……どうしよう……？」

どうしたらいいのか、アーサーはまるでわからなくなってしまっていた。

「アーサー？」

「どうした？」

動揺するアーサーに、トリスタンとナダルがそれぞれに声をかけてくる。

「……僕も……何か準備を？」

しなくていいのだろうか。なんてことだろう。想いが通じた嬉しさに酔いしれ、その先については何も考えていなかった。

確かに『先』はあるはずだ。これから自分は何をどうしたらいいのか。ほぼパニック状態に陥っていたアーサーに、ナダルが歩み寄り、ぽんと肩を叩いて寄越す。

「案ずるな。ローランドにすべて、任せればいいさ。お前は何も心配することはない」

「……ナダル……」

「そうですよ。ローランドはあなたに、素晴らしい『初めて』を与えてくれることでしょう」

「……トリスタン……」

二人からそれぞれに声をかけられ、アーサーは二人を見返し、やがて小さく頷いた。

「……うん……」

「さあ、行け」

ナダルがアーサーの背を促す。

「……いってきます……」

いってきます、というのも変か、とますます顔を赤らめるアーサーに、トリスタンもまた笑顔で声をかけてきた。

「幸せになるのですよ、アーサー」

「……はい」

なりたいです。家族二人に後押しされ、アーサーは戸惑いを抱えながらも部屋を出る勇気を得た。

「ありがとう。二人とも」

本当に、と微笑み返し、頭を下げたあとにトリスタンの部屋を出る。

ローランドは『準備』を終えたと言った。果たして彼が為した『準備』とはどういうものなのだろう。彼の部屋に入ればこの目で見ることができることはわかっていたが、それでもアーサーはあれこれと想像力を働かせずにはいられなかった。

「失礼します」

ノックをし、ローランドの寝室のドアを開いたアーサーは、目の前に開けた光景に驚いたあまり、その場で固まってしまった。

「どうした？　入るといい」

ベッドの近くにいたローランドが、ドアを開いたまま立ち尽くしているアーサーへと歩み寄ってくる。

「は……はい……」

頷いたアーサーの目は未だにローランドのベッドに注がれていた。というのも常に真っ白なシルクのシーツで覆われているそのベッドの上は今、数え切れないくらいの薔薇《ばら》の花弁が敷き詰められていたのである。

花弁の色は赤、白、桃、黄、紫、と色とりどりで、室内は噎《む》せ返るほどの薔薇の香りで溢れていた。

「あの……」

どうしてこのような、と啞然としていたアーサーの手を取り、ローランドが室内へと導く。

「お前との初めての夜だ——ああ、まだ、日は高いが」

そう苦笑するとおり、まだ昼前だ、とアーサーが頷くより前に、ローランドは言葉を続けていた。

「思い出に残る、素晴らしい時間にしたい。お前のためだけではなく、私のためにも」

「ローランド様……」

既に部屋のカーテンは閉められていた。そのおかげで外の日の光は届いておらず、室内は薄暗い状態だった。

「おいで」

手を引かれ、ベッドへと導かれる。

「……あの……」

ローランドは微笑んだまま、アーサーをベッドの近くに導くと、肩に手を乗せじっと目を見つめてきた。

「アーサー」

「……はい」

ローランドの声に、幾許かの緊張が滲んでいるのがわかる。それだけにアーサーもまた緊張を高まらせながら返事をし、彼を見上げた。

「お前を私のものにしていいか？」

「……っ」

まさか――まさかそのような言葉をかけてもらえるなんて。

夢なんだろうか。夢といったほうがまだ信じられる。でもこれは現実だ。

現実だよな――？

未だ呆然とした状態でいたアーサーに、再びローランドが問いかけてくる。

「お前を抱いてもいいだろうか」

「……はい……っ」

実際、迷いはなかった。ただただ、信じがたく思っていただけだった。それゆえ、すぐさま頷いたアーサーを前に、ローランドは一瞬、驚いたように目を見開いたものの、すぐにその美しい顔に満面の笑みを浮かべると、

「ありがとう」

と感謝の言葉を口にし、アーサーを抱き締めてきたのだった。


アーサーが胸にかかる『幸福な花嫁の涙』を外すと、ローランドが服を脱がせていいか、それとも自分で脱ぐか、と問うてきた。

「あ、あの……」

どうしたらいいのだろう。迷っていると、ローランドが手を伸ばし、アーサーのシャツのボタンを外し始めた。

「……すみません、あの……」

ローランドはシャワーを浴びたと言った。自分もまたシャワーを浴びたほうがいいのでは、と思い、それを申し出ようとしたアーサーの意図は、すぐさまローランドに察せられてしまったよ

うだった。

「問題ない。僕は長旅のあとだったからね」

言いながらローランドが一つずつ、アーサーのシャツのボタンを外していく。

「あの……ローランド様……」

言わずとも当然、ローランドは知っているだろうが、と思いながらアーサーは言葉を続けた。

「僕はその……こうしたことは初めてで……」

「それがどれほど私にとって嬉しいことか、お前にわかってもらえるといいのだが」

「ローランド様……」

ローランドもまた、少し緊張しているように見えた。

そんな彼の姿を見たことはなかった。それゆえ啞然としたアーサーのシャツのボタンを全て外し終えるとローランドはアーサーと目を合わせ、微笑みかけてきた。

「……お前の『初めて』をこの上ない幸福なものにしてみせる」

「……あ……りがとう……ございます」

礼を言っているうちにシャツを脱がされ、ベッドに押し倒される。

「あ、あの……っ」

スラックスを下着ごと脱がされ、あっという間に全裸にされたアーサーは、薄暗いとはいえども陰影がこれでもかというほどあきらかな室内で、真っ裸でいることが恥ずかしくなり、身を捩《よじ》った。

「恥ずかしがらないでくれ。恥ずかしいといえば僕も随分と恥ずかしい。何せ、僕はお前に、今まで晒したことのない全てをさらけ出すことになるのだから」

「……そんな……」

どのような『全て』をさらけ出してくれるのだろう。期待が高まり、鼓動がこの上なく速まってくる。

「待っていてくれ」

ローランドはそう告げると、身に纏《まと》っていたバスローブを脱ぎ捨て、アーサーに覆い被さってきた。

「あ……っ」

首筋を強く吸われ、びく、と身体が震える。

チリ、と微かな痛みを覚えたアーサーは、また、びく、と身体を強張《こわば》らせたが、ローランドの行為は止まらなかった。

ローランドの手が裸のアーサーの胸を這《は》う。乳首を何度か掌で擦《こす》り上げられ、なんだか堪らない気持ちになってしまっていたアーサーはつい声を漏らしてしまい、そのことに恥じて両手で口を塞いだ。

「や……っ」

それでも堪えきれない喘《あえ》ぎが漏れてしまったことを恥じ、目を閉じたアーサーにローランドが優しい声音で声をかけてきた。

「声は上げてほしい。お前が今、どんな状態であるかを私に知らしめてほしいから」

「ローランド様……っ」

羞恥が喜びの前に失われていく。どうしてこうも嬉しい言葉を告げてもらえるのだろう。嬉しさのあまり天にも昇りそうになっていたアーサーの雄にローランドの手が伸びていく。

「や……っ」

実はアーサーは、自慰すらまともにしたことがないのだった。己の欲望を昇華するのに、自慰という行為をすることに抵抗はあった。

アーサーにとってはローランドは尊い存在であり、自慰の対象とすることはできなかった。

そのローランドに雄を扱《しご》き上げられ、堪えきれずに声を漏らしてしまったあと、自分がとんでもなく畏れ多いことをしているような気持ちに陥ってしまい、アーサーはただただ、ローランドに対し、いやいやをするように首を横に振ってしまっていた。

「いけません……っ……そんな……っ」

申し訳なさすぎる。己の雄を摑み、扱き上げてくるローランドにアーサーは、そんなことをしてもらう必要はないと訴えようとした。

「いけないことはない」

ふふ、とローランドが笑い、アーサーの雄を尚も扱き上げる。

「や……っ」

快楽に身悶《みもだ》えながらもアーサーは、ローランドに己の思いを訴えようとした。

「僕など……っ……僕など、どうでもいいのです……っ」

「前も言っただろう？　『僕なんか』という言葉は二度と言うなと」

ローランドが幾分むっとした声になり、アーサーをじっと見つめてくる。

「それでも……っ」

「私はお前を快楽の極みへと連れていきたい。堪えることはないのだ。思うがままに喘いでくれ」

そう言ったかと思うとローランドはアーサーの下肢に顔を埋め、雄を口に含んだ。

「やぁ……っ」

自慰すらしたことのないアーサーにとって、いきなりのフェラチオは刺激が強すぎた。今にも達してしまいそうになり、唇を嚙みしめたアーサーの雄にローランドの舌が絡みつく。

「や……っ……あぁ……っ……あっ……あっ……あぁ……っ」

堪らず喘ぎ始めたアーサーの顔を見上げ、ローランドが満足げに微笑んだかと思うと、その指をアーサーの後ろへと向かわせた。

「や……っ」

つぷ、と指の先端がアーサーの後ろに挿入される。今まで何ものをも侵入を許していなかったそこは、ローランドの指の感触に一気に強張ったものの、すぐさまアーサーは指の挿入を許すべく、はあ、と深く息を吐き捨てた。

実体験としてはまったく白紙の状態ではあったが、アーサーは知識としては男同士のセックスでは何をどうするかということは知っていた。

一つになるには、男が唯一持っている『孔《あな》』を使うしかない。まさかそのようなときが己に訪れるとは、まるで予想していなかったが、今、訪れたとなると知識を活かすときだとアーサーはできるかぎり身体から力を抜き、ローランドの望みを叶えることに努めた。

「ありがとう」

ローランドにその思いはすぐに通じたらしく、雄から口を離した彼ににっこりと微笑まれたのに、頷き返す。

「……アーサー」

そんな彼にローランドが、何を案じているのか、幾分眉を顰めた顔で問いかけてきた。

「……はい……？」

何を聞きたいのか。問い返したアーサーは耳に届いたローランドの問いに、あまりに自明のこと、と勢い込んで答えてしまった。

「私がお前を欲するように、お前も私を欲してくれると思っていいのだな？」

「当然です……っ」

何を迷うことがある。その思いから大きく頷いたアーサーを見やり、ローランドがそれは幸せそうに微笑んでみせる。

「安心した。どうかそのまま、私の愛だけを信じていてほしい」

言いながらローランドが、後ろに挿入した指で、ぐっと中を抉ってくる。

「やぁ……っ」

堪らず喘いでしまったあと、アーサーは我に返ると、ローランドに向かい、己の思いをきちんと言葉にして伝えることにした。

「あなたが……っ……ほしい……っ……のです……っ」

他の誰でもない。あなたが欲しいのだ。その気持ちはアーサーが思っていた以上にローランドに伝わったようだった。

「私もお前が欲しい」

そう告げられたと同時に、彼の指がアーサーの奥をまたもぐい、と抉る。身を仰《の》け反らせ、喘ぐアーサーを優しい目で見下ろしたあと、再びローランドはアーサーの下肢に顔を埋め、勃《た》ちきった雄を咥《くわ》えると、舌を、指を動かし始めた。

「……愛して……っ……います……っ」

びく、と身体が震える。芯のほうからじわじわと熱が込み上げてくることに戸惑いを覚えていたアーサーだったが、それが『快感』によるものだということになんともいえない感慨を覚えていた。

　自慰すらしない彼にとって、ローランドの口淫は、この上ない快感を与えてくれるものだった。ローランドが、あの神々しい美貌の持ち主が、自分の雄を咥えている。申し訳ないという気持ちから生まれる背徳感にますます欲情を煽《あお》られる。そのことに罪悪感めいた気持ちを抱きながらも身体はあまりに正直で、快楽の波が次々と押し寄せては自分を絶頂へと導いていく。

「あ……っ……あぁ……っ……や……っ……あ……っ」

　いつしかアーサーの上げる声は高く、切羽詰まったものになっていった。絶頂が近いと察したのか、ローランドがアーサーの雄を口から出し、身体を起こす。

「や……っ……あ……っ」

　いつしか後ろに入れられていた指の本数は二本に増えていた。入口近いところを間断なく弄《いじ》られ、アーサーの雄の先端から先走りの液が滴った。

「挿《い》れてもいいかい……？」

　少し掠《かす》れた声でローランドに囁かれたとき、アーサーの堪らない気持ちは最高潮に達し、何度も何度も彼は頷き、それも自分の希望であると伝えようとした。

「……はい……っ」

　なんとか声が出たときには、嬉しげに微笑んだローランドがアーサーの両脚を抱え上げていた。

「……あ……」

既に彼の雄が屹立《きつりつ》している様を見たアーサーの口から思わず声が漏れる。

ローランドの裸はそれこそ、毎朝のように見ていた彼だったが、彼の雄が怒張しているところを見たことはなかった。

逞《たくま》しい。そして美しい。思わず食い入るように見つめてしまっていたアーサーはローランドに苦笑され、はっと我に返った。

「す……すみません……っ」

凝視するなど、はしたなすぎたか、と反省していたアーサーにローランドは、

「何も謝る必要はないよ」

と笑ったあとに、ふと真剣な目になりじっとアーサーを見つめてきた。

「……なんだか不思議な感じだ。お前にこうも欲情する日がこようとは」

「……欲情……してくださっているのですね……」

嬉しい。それが偽らざるアーサーの胸の内だった。

昨日まで、ローランドにとっての自分は十二歳の子供であり、家族の一員であったというのに、今、その彼が自分に欲情してくれているという。

夢のようだ、と思うと同時に涙が込み上げてきてしまい、いけない、と目を伏せたアーサーだったが、続くローランドの言葉は彼の涙腺を崩壊させた。

「当然だ。アーサー。君は本当に……綺麗だ。そして可愛い。何もかもを僕のものにしたい。い

いよね？」

「……当然です……っ」

嬉しすぎる。涙声になったアーサーにローランドはにっこりと微笑むと、露《あら》わにしたそこへと彼の立派な雄の先端を擦り寄せてきた。

「あ……っ」

己のそこがその感触に激しく収縮するのに、今までそんな体験をしたことがなかったアーサーは思わず戸惑いの声を上げた。

「力を抜いておいで」

そんな彼にローランドは少し切羽詰まった声で告げると、ずぶ、と雄の先端をそこへとめり込ませてきた。

「……っ」

指とは比べものにならない質感に、アーサーの身体は一瞬強張った。

「……大丈夫？」

だがローランドに心配そうに問いかけられたときには、アーサーは大きく頷いていた。

「はい……っ」

ふう、と息を吐き出し、身体から力を抜こうとする。

早く一つになりたかった。後ろへの感覚は、まさに『違和感』というべきものではあったが、痛みは伴っていなかった。

それだけ、大切に扱われているのだ、と思うと嬉しくて堪らなくなった。ローランドを見上げる自分の顔が、彼への愛しさゆえ微笑んでいるのがわかる。

幸せだ――その思いは正しくローランドに伝わったらしかった。

「同じ気持ちだ……僕も」

嬉しげに微笑み、そう告げた彼が、ゆっくりと腰を進めてくる。

「……ん……っ……んん……っ」

次第に自身の中が、ローランドの雄で埋まっていく。ああ、一つになるのだ、と思うとやはり嬉しさが募り、アーサーの目からは堪えきれない涙が零れ落ちてしまっていた。

「アーサー……」

苦痛ゆえの涙ではないか、と案じてくれたらしいローランドが呼びかけてくれる。

「……嬉しい……のです……っ」

一つになれることが。アーサーが涙を呑み込み、なんとかそう告げたとき、二人の下肢がぴた、と重なった。

ああ、本当に一つになれた。身体の奥に得ているその存在感にこの上ない喜びを覚えながらアーサーは自分がどれだけ嬉しいかを伝えようとし、両手両脚でローランドの背を抱き締めた。

「アーサー……」

愛しげに名を呼びながら、ローランドがアーサーをじっと見下ろしてくる。

「……はい……」

「動いてもいいかい？」

「……はい……っ」

返事をするたび、自身の中でローランドの雄がより存在感を増していくのがわかり、喜びへと繋がっていく。

本当に自分に欲情してくれているのだな、と両手両脚にますます力を込め彼の背を抱き締めようとしていたアーサーは、その両脚をローランドに解《ほど》かれた上で改めて抱え上げられ、これから何が起こるのかと彼を見上げた。

「……愛してる……」

ぽつりと呟かれたその言葉に嬉しさを噛みしめていたアーサーを愛しげに見つめながら、ローランドがゆっくりと突き上げを始める。

「や……っ……あっ……っ」

抜き差しされることで、内壁との間に摩擦熱が生じる。次第に激しくなってくる律動によって生まれる感覚は、今までアーサーが体感したことのないもので、堪らない気持ちが募り、堪えきれない声がその唇からは漏れ続けていた。

「あぁ……っ……もう……っ……もう……っ」

充分です。もう、耐えられません。その思いは身体にもはっきりと現れており、アーサーの雄ははち切れんばかりに張り詰めていた。

過ぎるほどの快感に見舞われ、どうしたらいいかわからなくなる。救いを求め見上げた先では愛しい人が——それこそ物心ついたときから憧れ続けてきたローランドが優しく微笑み、わかった、というように頷いている。

力強く己を突き上げていた彼の手が右の脚を離し、二人の腹の間でこの上なく昂《たか》まっていた雄を握った直後、扱き上げてくれた、その刺激に耐えられるわけもなくアーサーは達し、ローランドの手の中に白濁した液をこれでもかというほど飛ばしてしまった。

「……あぁ……っ」

とてつもない充足感にとらわれ、声を漏らしたアーサーの身体を優しく抱き締めてくれながら、ローランドがその形のいい唇を、瞼《まぶた》に、頬に、鼻に、そして唇に次々と落としてくれる。

「愛しい……本当に……もう、愛しくてたまらない……」

キスの合間に囁かれる熱烈な——熱烈すぎる告白に、アーサーの胸は熱く滾り、瞳には涙が滲んできてしまう。

「……僕も……僕もです……」

なんとか言葉を発し、アーサーはローランドの背を力一杯抱き締めると彼の耳許で今、どれだけ自分が幸福であるかを伝えるべく囁いた。

「この瞬間にも、死んでもいいというくらいに……っ」

「それは困る」

途端にローランドが身体を起こし、アーサーをじっと見つめてくる。

「これからお前は僕と共に、人生を歩んでいくのだ。『死ぬ』などと言う言葉を安易に言わないように」

「……はい……っ……はい……っ」

共に人生を歩んでいく――嬉しすぎるローランドの言葉に、アーサーの胸はますます熱く滾り、涙が止まらなくなる。

本当に、死ぬほど嬉しい。でも『死ぬ』と言葉にするとまた、怒られてしまうに違いない。その怒りこそが嬉しい。泣き笑いの表情となったアーサーを、ローランドがそれは愛しげに見下ろしてくる。

「……愛している」

ぽろりと彼の唇から漏れた言葉は、それが彼の本心だとわかるだけに、この上ない幸福感をアーサーに与えてくれた。

「……僕も……っ」

愛しています。今まで愛し続けていたように、この先、生涯あなたを愛し続けます。

本当に、こんな幸せなことがあっていいのだろうか。嬉しさゆえの涙を流すアーサーのその瞳に、頬に、唇に、数え切れないくらいの細かいキスを落としてくれながら、ローランドがまさに望みどおりの言葉を口にする。

「生涯かけてお前を愛し続ける。アーサー、僕の花嫁となってくれ」

「……はい……っ」

これは夢ではないのだろうか。こうも幸せなことが自分の人生に起こり得ようとはまったく予想していなかった。

報われる日は来まいと思っていた日が来たことに幾許かの戸惑いと、そして堪えきれない喜びを感じながらアーサーは笑顔で頷くと、嬉しげに微笑み返してくれたローランドに、あなた以上に自分は嬉しさを感じていると伝えようとし、両手両脚で彼の背をしっかりと抱き締めたのだった。

エピローグ

「驚いた。もう、日本にはいないと思ってた」

彼が——リョーヤが言葉どおり、心底驚いている様子で僕を見る。

「まあね」

確かに今頃はもう、専用機で日本を発っているはずだった。『忘れ物をした』と『彼』に告げ、引き返してきたのは、リョーヤに対し仁義を通したいと思ったからだ。

「実は、君に言いたいことがあってね」

「僕もあるんだ。ローランド」

リョーヤはそう言うと、真っ直ぐに僕を見つめてきた。

「なに？」

黒い瞳が煌《きら》めいている。見惚れずにはいられない美しさではあったが、僕の気持ちは今までと同じものでは、やはりなかった。

「あなたにとっての僕は、誰かの身代わりだよね？」

「……え？」

思いもかけない彼の発言に戸惑いの声を上げてしまった僕の目の前に、リョーヤが一枚の写真を翳してくる。

「……っ」

衝撃を覚えずにはいられなかった。そこに写っていたのは、忘れようにも忘れられない、かつての想い人の姿だったから——。

「……僕は……今、幸せだよ」

絶句する僕に、リョーヤが静かに声をかけてくる。

「幸せにしてくれたのは、悪いけどあなたじゃない。キースだけれども、でも、僕は幸せだ。あなたにも、あなたにしか幸せにできない相手を幸せにしてあげてほしいと思っている」

「……どうして、この写真を……？」

堪らず問いかけた僕にリョーヤは少し迷った素振りをしたあと、はあ、と小さく息を吐き、答えを返してくれた。

「あなたを幸せにしたいと誰より願っている人から話を聞いた。でもその人のことは責めないでほしい。僕が聞きたがったから話してくれた、それだけだから」

『その人』が誰なのかは、問わずともわかった。と同時に僕は、その人にもこの写真の人物のことは知られていたのか、という衝撃を覚えることになった。

「そう……か」

「ねえ、ローランド」

リョーヤが真っ直ぐに僕を見つめてくる。

「なに？」

問い返した僕にリョーヤは少し迷う素振りをしたあとに、意を決した表情となり口を開いた。

「幸せの青い鳥はどこにいたか……知っているよね？」

「メーテルリンクの『青い鳥』だね？」

問い返した僕にリョーヤはそうだ、と頷いてみせ、尚も真っ直ぐに僕の目を見つめながらこう告げた。

「あなたを愛している人はあなたのごく近くにいる。そのことには当然、あなたも気づいているよね？」

「……それが……気づいていなかったんだ。今までね」

情けないことに、と肩を竦《すく》めた僕を見て、リョーヤもまた、肩を竦めてみせた。

「でも……今、気づけたんだろう？」

問いかけてくる彼に「ああ」と頷き、訪問の用件をようやく口にする。

「それで、君に一応、仁義を通しておこうと思って来たんだ」

「仁義？」

不思議そうに問いかけてきた彼が、僕の話を聞き、笑顔になる。

「警察官としてはさすがに推奨はできないけれど、あなたの手に戻ることを祈っているよ」

モリエール家に伝わるネックレスの言い伝え――当主が『花嫁』に捧げてきた、『幸福な花嫁の涙』。一度は捧げたそれを別の人に捧げたくなった、という僕の言葉を笑顔で受け入れてくれただけでなく、警察官としてはあるまじき応援までしてくれたリョーヤに対し、僕は心からの感謝を込め、礼を言った。

「ありがとう」

「ローランド」

そんな僕の名をリョーヤは呼び、じっと目を見つめてきた。

「なんだい？」

問い返した僕の手を、リョーヤが握り締める。

「幸せにしてあげてほしい」

「え？」

まさかそんな言葉を彼から聞こうとは。予想してもいなかった、と驚く僕にリョーヤは尚も意外すぎる言葉を告げ、ますます僕を愕然とさせていった。

「僕が口出しをするようなことじゃないとはわかっているんだけど、それでも言わずにはいられないんだ。アーサーはあなたを愛している。どうか彼の気持ちに真摯に向き合ってほしい」

「……君とアーサーがそうも親しかったとは驚きだ」

偽らざる胸の内が僕の口から零れ落ちる。

「いや、僕の一方的な思いだ」

だから本人には言わないでほしい、とリョーヤが慌てた様子で言葉を足してくる。

「他人事《ひとごと》じゃないと思ってしまったんだ。あなたをどれだけ愛しているかがわかったから。彼には幸せになってほしい。そう願わずにはいられなかった」

「リョーヤ」

思わず名を呼んだ僕に、リョーヤがにっこりと微笑みかけてくる。

「本当に、僕が口出しするようなことじゃないけど、皆が幸せになれるといいなと祈ってる」

「そうだね。君が今、幸せなようにね」

嫌みとしていったつもりはなかった。それは正しくリョーヤには伝わったらしい。

「うん、あなたも、あなたの愛する人も、そしてあなたを愛する人も幸せであるよう、心から祈っているよ」

とはいえ、『Blue Rose』を逮捕することに関しては容赦しないけれども、と告げた彼に僕が返した言葉はただ、

「ありがとう」

という感謝の思いのみだった。

「さよなら」

「さよなら」

二人、同じ言葉を告げ、微笑み合う。

これから一刻も早く『幸福な花嫁の涙』を手に入れ、『彼』の待つ楽園に戻らねば。その思いを新たにしていた僕にリョーヤは、あたかも『頑張れ』と言うかのように微笑み、頷いてくれたのだった。

あとがき

はじめまして＆こんにちは。愁堂れなです。

このたびはルチル様からの発行六十六冊目、そして生まれて初めての四六判の本となりました『花嫁は真実の愛を夢見る』をお手にとってくださり、本当にありがとうございました。

本書は『花嫁は二度さらわれる』『花嫁は三度愛を知る』に続く『花嫁シリーズ』のスピンオフとなります。

金髪碧眼の美貌の怪盗ローランドに幼い頃から恋心を抱いていた、自らもプラチナブロンドの美しい髪と美しい容貌の持ち主であるアーサー。自分の想いを知られれば傍にはいられなくなると恋心をひた隠しにしてきたが、他の男に思いを寄せるローランドの傍近く仕えるうちに、コップの水がいっぱいになるようについに抑えることができなくなって……という、切ない感じのラブストーリーとなりました。

アーサー、可哀想に……と思いつつ、とても楽しみながら（鬼）書きましたので、皆様にも気に入っていただけましたら、これほど嬉しいことはありません。

蓮川愛先生、この度も本当に麗しい、素敵なイラストをありがとうございました。

四六判の大きなサイズで、先生のイラストを拝見できて本当に幸せです！　ローランドの輝くばかりの美貌に、アーサーのはかなさを湛えた美しさに目が釘付けでした。トリスタンとナダルも素敵です!! 今回も本当にたくさんの幸せをありがとうございました。

また、本作でも大変お世話になりました担当様をはじめ、本書発行に携わってくださいましたすべての皆様に、この場をお借り致しまして心より御礼申し上げます。

四六判の本を自分が出せるとは思っていなかったので、今回、お声をかけていただけて本当に嬉しかったです。蓮川先生の素晴らしいカラーを素晴らしく装丁してくださった表紙見本を拝見した際、感激のあまり暫し言葉を失っていました。

いつも以上に頑張りました本作が、どうか皆様に少しでも楽しんでいただけますよう、心よりお祈りしています。

よろしかったらお読みになられたご感想をお寄せくださいませ。また、本作と主人公は違いますが『花嫁シリーズ』既刊文庫二冊も、どうぞ宜しくお願い申し上げます。

また皆様にお目にかかれますことを切にお祈りしています。

平成二十八年八月吉日

愁堂れな

(公式サイト『シャインズ』http://www.r-shuhdoh.com/)

この作品は書き下ろしです。

愁堂れな

一二月二〇日生まれ。
二〇〇二年『罪なくちづけ』でデビュー。
現在、著作二〇〇冊を超える。
代表作／『罪シリーズ』『たくらみシリーズ』

花嫁《はなよめ》は真実《しんじつ》の愛《あい》を夢見《ゆめみ》る

二〇一六年八月三一日　第一刷発行

著者　愁堂《しゅうどう》れな
発行人　石原正康
発行元　株式会社 幻冬舎コミックス
〒一五一-〇〇五一 東京都渋谷区千駄ヶ谷四-九-七
電話　〇三(五四一一)六四三一［編集］
発売元　株式会社 幻冬舎
〒一五一-〇〇五一 東京都渋谷区千駄ヶ谷四-九-七
電話　〇三(五四一一)六二二二［営業］
振替　〇〇一二〇-八-七六七六四三
印刷・製本所　中央精版印刷株式会社

検印廃止

ISBN978-4-344-83780-5　C0093　Printed in Japan